知能犯

翔田 寛

角川文庫
23854

目次

プロローグ

午前十一時過ぎ。

レイバンのサングラスを掛けた男は、舗装のない雑草だらけの駐車場に駐車している白いトヨタ・カムリのドアを開けた。車内に、ムッとするほどの真夏の熱気が籠《こも》っていた。後部座席から、使い慣れた黒い釣竿《つりざお》を取り出す。レンタカーのドアを、わざと力任せに閉めて踵《きびす》を返すと、焼けつくほどの日差しを浴びて歩き出しながら、彼は口の中で憤懣《ふんまん》の思いをつぶやく。

千葉県君津《きみつ》市にある亀山《かめやま》ダムには、千葉市の繁華な中心街を離れて、民家もまばらな田園地帯や、森に覆われた山間部をうねうねと続く道を何時間も走破して、ようやく到達できるのだ。三年半前まで、愛車であるハイテックシルバーのメルセデス・ベンツAMG・GTを乗り回して、しじゅうここへ釣りに来ることができた。片手で気ままにハンドルを操り、もう一方の手でソブラニー社の煙草ブラック・ロシアンをくゆらしながら、思い切りアクセルを踏み込んで、カーステレオでキング・クリムゾンの《21世紀のスキッツォイド・マン》を、大音量で流すのが大の好みだった。しかし、最近は、とてもそんな気分になれない——

男はハッとなり、思わず足を止めた。

ここへ初めて釣りに来た時のことが、これ以上ないほどの苦々しい思いとともに甦《よみがえ》ってくる。あのときも、今とまったく同じように、我知らず独り言を口にしていて、たまたま借りたベンツのスピードをついつい出し過ぎてしまった。そのせいで前方の業務用のワゴン車と危うく衝突しかけ、焦って急ブレーキを踏み、すんでのところで事故を回避したのだった。

口を真一文字に閉じると、彼は思い直して、一つ大きく息を吐く。それから、奥歯を噛《か》み締めて、再び歩き出す。亀山ダムは、ブラックバス釣りの絶好のポイントである。真上からの日差しで、ダム湖の水面《みなも》が銀色に煌《きら》めいている。湖の周囲は、鬱蒼《うっそう》とした緑の生い茂る小高い山々だ。

男は、耳を聾《ろう》するほどのセミの鳴き声に取り囲まれている。まったくの無風で、歩いているだけでマリンブルーのTシャツに白い短パン、足元は素足に白いデッキシューズという全身に、じっとりと汗が滲《にじ》んでくる。額から、玉の汗が流れ落ちるのも感じる。首に掛けている18金の鎖が、汗で素肌に鬱陶《うっとう》しく貼り付く。小型だが高性能の双眼鏡も、首にぶら下げていた。

緩やかな坂を下ると、そこここに葉の茂った灌木《かんぼく》が植えられた狭い汀《みぎわ》となっており、低い柵《さく》のすぐ先に湖面が続いている。周囲に、人影はない。前方に広がる水面を素早く見回してから、男はおもむろに釣竿のルアーを投げた。それからサングラスを外し、双眼鏡を目に当てて、はるか彼方《かなた》の対岸を見やった。釣りをしながら、周囲の景色を楽しんでいるだけかのように。

双眼鏡の丸い視界に、小型ボートに乗っている太った大柄な男の姿が飛び込んでくる。紺色の野球帽を被《かぶ》り、フィッシング用の濃いサングラスを掛けていた。国産の釣り具メーカーのロゴの入った赤いTシャツの腹が盛大にせり出しており、紺のバミューダ・パンツ、それにオレンジ色のライフジャケットを身に着けている。使っているルアー用の深紅の釣竿は、一目で最高級品と分かった。

そこから少し遠くに、背の高い痩《や》せた男性の乗っているボートが浮いている。そちらもサングラスを掛け、焦げ茶色の鍔広《つばびろ》の帽子を被っており、二人の白い歯が覗《のぞ》く口元が、しきりに動いている。むろん、彼らの話し声までは聞こえないものの、お互いに興奮して声を掛け合っているのだけは分かる。二人がダム湖に面した温泉ホテルに滞在していることは、野球帽の太った男が所有する白いBMW・M6がホテルの駐車スペースに停められていることで、とうに確認済みだ。

この亀山ダム周辺には、ヘラブナや鯉などの釣り堀、レストラン兼宿泊施設、それに水産センターなどがあり、貸しボート屋も複数ある。手漕《てこ》ぎのものだけでなく、船舶検査や免許が不要な二馬力の船外機が設置されたものもあるのだ。

以前は、男も必ずそうしたボートを借りて、湖面を自由自在に移動しながら、ブラックバス釣りを楽しんだものだった。岸壁から葉が生い茂った太い枝が伸びて、湖面が暗く陰った辺りに、大物の魚が潜んでいるからだ。ルアーとは、小魚の形状をした一種の疑似餌《ぎじえ》である。そこに返《かえ》しの付いた釣り針が取り付けられており、釣り糸を使って水中を小魚が泳いでいるように巧みに引くと、ブラックバスが獰猛《どうもう》に喰《く》らい付いてくる。ルアーの形状、色彩や模様、投げ込むポイントの選び方、ルアーを引き寄せるタイミングや速度、極度に警戒心の強いブラックバスとの根気のいる繊細な駆け引きの末に、ルアーにガツンと当たりが来た瞬間の震えるような興奮。それこそが、餌釣りとはまったく異なる、ルアー・フィッシングの醍醐味《だいごみ》と言えるだろう。

しかし、今日ここへ来たのは、そもそも釣果などが目的ではないし、到底そんな気分でもない。そう思ったとき、鍔帽子の痩せた男性が乗ったボートが、波紋を残して湖面を遠ざかっていくのが見えた。双眼鏡の丸い視界は、そのボートをゆっくりと追いかける。ボートの背後の草むらに立てられている、《マムシ注意》の看板。汀の

《夜釣り禁止》の掲示。湖面に立っている赤い鳥居は、湖岸に祀《まつ》られている亀山水天宮のものだろう。

　だが、すぐに双眼鏡の視界を、また野球帽の太った男に戻す。その刹那《せつな》、双眼鏡を握る手が、思わず揺れた。視界の中に、それまでになかった動きが起きていたのだ。双眼鏡の焦点を絞ると、対岸にいる別の小柄な髪の薄い中年男性に向かって、野球帽の太った男が片腕を大きく振り回している。明らかに威嚇するような素振りだった。対岸の小柄な中年男性も、険しい表情で激しく首を振っている。その足元に、ノースリーブの黄色いワンピース姿の小さな女の子が縋《すが》り付いていた。どうやら、大人たちの言い争いにすっかり怯《おび》えて、泣いているらしい。

　そばの汀に、釣竿を持った中学一年生くらいの少年がおり、白いTシャツにジーンズ姿の青年も通りかかる。二人とも驚いたような顔つきを浮かべているものの、青年の方は二人の大人たちの激しい言い争いへの関わりを避けるように、足早に横を通り過ぎた。

　しばらくすると、ボートに乗った太った男と対岸の小柄な中年男性の険悪そうな口《くち》喧嘩《げんか》も、どうやら収まったらしい。それでも、ボートは依然として、汀近くの水面に留《とど》まっており、野球帽の太った男はそっぽを向いて釣りをしている。何度もルアーを投げては、それを巻き戻しているのだ。内心の憤りがまだ残っているのか、その素振りに苛立《いらだ》ちが感じられる。

湖岸の方では、先ほどまでボートの男と口論していた小柄な中年男性が腹のあたりを手で押さえて、近くにいた少年に何か声を掛けた。少年がうなずくのが見える。中年男性が慌てて釣竿を草原に置くと、その場から足早に遠ざかった。娘の見守りを頼んで、トイレに行ったのだろう。

そんな父親の様子にはかまわず、幼い女の子は汀で一人で遊んでいる。低い柵の上に腹ばいになって上半身を乗り出して、手にしている黄色いアヒルの玩具《おもちゃ》を、目の前の小波《さざなみ》が輝いている水面に浮かべようとしているのだ。

そのとき、ボートに乗った野球帽の太った男が、不意に一抱えほどもありそうな大きなブラックバスを釣り上げた。こちらに向けた顔に白い歯が見えており、すぐに船外機を操作してボートを移動させてゆく。たぶん、自分の獲物を、別のボートに乗っている釣り仲間に自慢しに行ったのだろう。

と、次の瞬間、汀にいた女の子がふらりと前屈《まえかが》みになり、いきなり柵を越えて頭から逆さに水に嵌《はま》るのが目に留まった。そばにいた少年が驚いた表情を浮かべると、釣《つり》竿《ざお》を投げ出し、慌てたように水に飛び込んだ。

二人は激しい水飛沫《みずしぶき》を上げて、しばらく水中でもがいていた。

やがて、ふいに水面が静まりかえる。

湖面に、黄色いアヒルの玩具だけが、かすかに揺れながら浮いている。

しばらくして、小柄な中年男性がもとの汀へ戻って来た。すぐに狼狽《うろた》えた様子となり、周囲を落ち着きなく見回している。突然、その動きが止まり、顔つきが一変する。水面に浮いているアヒルの玩具を見つけたのだ。

悲痛な絶叫が、山々に谺《こだま》して男の耳にまで届いた。

次の瞬間、小柄な中年男性が躊躇《ちゅうちょ》することなく湖面に飛び込んだ。

その光景を見つめていた男は、目から双眼鏡をゆっくり離す。

耳に、セミの厚ぼったい鳴き声が戻って来た。

全身を包む灼熱《しゃくねつ》の感覚も、ふいに甦る。

あたりを無言で見回した。

周囲に、人影はまったくない。

手の甲で額の汗を拭《ぬぐ》うと、ルアーを素早く回収してから、釣竿を手にして、駐車場の方へゆっくりと踵《きびす》を返した。

自分の口角が、かすかに持ち上がるのを意識しながら。

獲物の当たりが、とうとう来たのかもしれない――

第一章

一

「お忙しいところ、わざわざ署までご足労をお掛け致しまして、誠に申し訳ありませんでした」

デスク奥のパイプ椅子に腰を下ろしかけた小田嶋英司《おだじまえいじ》に、デスク手前に立つ男が言葉をかけた。

「それは、まったく構わないんですが、私にいったいどんなことを、お訊《き》きになりたいんでしょうか」

部屋はかなり狭く、窓も装飾もない無機質なオフホワイトの壁に囲まれている。だが、小田嶋はパイプ椅子に悠然と背を預けて、リラックスしたように脚を組んだまま、柔らかな声音で言った。

出口際の別のデスクに着いている増岡美佐《ますおかみさ》巡査は、二人の様子に目を向けていた。

斜め左の壁に、白い洗面台と四角い鏡が取り付けられており、その鏡を通して、彼女にも部屋の奥に座る小田嶋の姿と、手前で背を向けている男性が確認できるのだ。その部屋は、船橋《ふなばし》署の一階にある刑事課横の個室だった。彼女のデスクには、記録を取るためのノートが開かれており、黒のボールペンも置かれている。

増岡は、鏡に映る小田嶋の顔をじっと見つめる。

一部のマダムたちの間で、かなり人気のある美容師だ。いや、そのイケメンのルックスと相まって、売れっ子タレントと言った方が適切かもしれない。世の中の流行にいたって疎いと自覚している増岡ですら、テレビ番組で何度か目にしたことがある。

綺麗《きれい》に整えられた弓形の眉《まゆ》。くっきりとした二重の目。鼻筋の通った形のいい鼻。大きすぎない唇。日焼けして、均斉《きんせい》の取れた面長の顔。顎《あご》の左側に大きなほくろがあり、外国人のように顎先がかすかに割れている。中肉中背で、歳は三十代後半だろう。カシミヤと思われる鮮やかな小豆色《あずきいろ》のタートルネックのセーターに、高級そうな黒いツイードのジャケットを着込み、下はベージュのコーデュロイのズボン、足元は素足に茶色のローファーを履いている。

聞いた話では、北関東のローカル局のテレビ番組にレギュラー出演しているという。その地域での小田嶋の美容講習会は毎回、中年女性たちで満員になるらしい。険しいところが微塵《みじん》も感じられない、この整った容貌《ようぼう》と落ち着いた柔らかい話し方なら、そうしたファンが多いというのも十分にうなずける。これまでに相次いで出版された著作は、ベストセラーの常連だ。

「それをお話しする前に、まず自己紹介させてください。私は、この船橋署の刑事課に所属している香山《こうやま》と申します」

言いながら、手前に立っている男、香山亮介《りょうすけ》巡査部長が頭を下げた。

パイプ椅子に腰掛けていた小田嶋は、かすかに意外そうな顔つきを浮かべたものの、すぐに礼儀正しく低頭した。

その思いは、増岡にも理解できる。別の場所で顔を合わせたとしたら、いまの自己紹介を聞かなければ、香山を警察官とはまず想像しないだろう。ライターか、あるいはデザイナー。そんな自由業を連想するに違いない。鬢《びん》にわずかに白いものが交じった、やや長めの髪。一重の目が細く、筋の通った鼻梁《びりょう》をしており、唇が薄い。歳は、四十代後半。身に着けているのは、白いワイシャツに杉綾《すぎあや》のジャケット、無地のモスグリーンのネクタイ、下は濃いグレーのズボン。喜怒哀楽をめったに表に出さない人柄だ。だが、その内面は刑事としての情熱に溢《あふ》れていることを、彼女は知っている。

その香山が、小田嶋の向かい側の椅子に静かに着座すると、再び口を開いた。

「お越しいただいたのには、少々込み入った事情があるのですが、お時間の方は大丈夫でしょうか」

「ええ、それはまあ――」

　小田嶋が穏やかにうなずく。

　増岡はボールペンに手を伸ばしながら、今朝、三宅義邦《みやけよしくに》巡査長とともに、この人物を迎えに行った時のことを思い返す。

　午前九時半過ぎ。事前に、小田嶋の所属事務所のマネージャーに電話で問い合わせて、今日のスケジュールと、過去のいくつかのオフの日も併せて確認したうえで、今日ならば在宅している可能性が高いと踏んで、東西《とうざい》線の浦安《うらやす》駅からほど近いマンションを訪れたのだった。そこは駅の南側にある小学校の近くで、高層の建物の目の前を《やなぎ通り》と呼ばれる県道二四二号線が走っている。

　一階エントランスで、一〇一一号室のインターフォンを押すと、スピーカーから、《どちら様ですか》という厚みのある男の声が流れた。

《船橋署の三宅と申します》

隣で、エントランスのインターフォンのレンズに向けて、三宅が警察手帳の身分証明書を提示し、わずかに低頭して名乗った。彼は相撲取りなみの巨漢で、顔も大きい四十代前半。ぼさぼさの髪、四角い黒縁眼鏡、あばたの目立つ熊顔に、しわだらけの濃紺のスーツというなりだ。手にした身分証明書は革製の二つ折りで、上部に冬用制服姿の顔写真と、《巡査長　三宅義邦》という階級と氏名が記されており、下部に金属製の警察官の記章が取り付けられていた。
増岡もそれに倣い、《同じく、増岡です》と自分の身分証明書をレンズに提示して言った。階級と氏名は、《巡査　増岡美佐》となっている。インターフォンの向こうの人物に意識を集中させつつも、エントランスのガラスに映っている己の姿に、彼女はちらりと目を向けた。艶《つや》のある短髪、二重の目。瓜実顔《うりざねがお》。今日は、ベージュ色のジャケットにジーンズというなりだった。
《どのようなご用件でしょうか》
かすかに警戒するような声音で、小田嶋が言った。
《小田嶋さん、申し訳ありませんが、船橋署管内で発生した事件の解明のために、ぜひとも協力していただきたいんです》
三宅が、すぐに用件を切り出した。
《それって、どんな事件ですか》
増岡は、インターフォンに身を乗り出して言った。
《あなたに是非とも見ていただきたいものもありますし、事件の説明には、少し時間がかかると思いますので、ご面倒でしょうが、私たちと署までご同行いただきたいんです――》
そして、さらに言葉を続けた。

《――マネージャーの方にお伺いしたら、今日は終日オフだと教えていただき、それでこうしてご自宅をお訪ねしたんですよ。お帰りの際は、警察の車でここまでお送りしますから》

その後、二言、三言のやり取りはあったものの、小田嶋は《私で何かお役に立てるのでしたら――》と、少しも面倒がるような気配もなく、すぐに同行に同意して、エントランスの玄関ドアのオートロックを開錠したのである。

有名人やタレントなどの場合、しばしばテレビに映っているときの印象と、プライベートの態度がまったく異なる人物がいる。かつて、十代から二十代にかけて人気絶頂だったある男性歌手は、テレビ画面の中でこそ常に満面の笑みを絶やさなかったものの、カメラが回っていないところでは、一変して不機嫌な態度を少しも隠そうとはしなかったと聞いたことがある。だが、マンションの広い玄関に応対に出てきた小田嶋は、いたって穏やかで紳士的な人物だった。

船橋署の一室で増岡の手前に座している香山が、ゆっくりと居住いを正すと、抑え気味の口調で言った。

「私たちが問題視している事件は、いまから二か月ほど前の八月二十八日に起こりました。それは総武《そうぶ》本線の駅近くで発生したもので、ある人物が路地裏で別の男性を刃物で襲い、結果として、被害者が死亡してしまったという一件です。しかし、加害者は事件発生直後、たまたま現場に行き合わせた警察官によって、ただちに現行犯逮捕されました。当然、その人物についての捜査も行われました。ところが、その調べの過程で、気にかかる疑問点がいくつか浮上してきましてね。――当然のことながら、加害者は検察に送検されたものの、警察としては、それらの疑問点について、どうしても最終的な決着を付けなければならないと考えているんですよ。そこで、あなたにこうしてご協力をお願いしたというわけです」

香山の丁寧な物言いに、小田嶋が大きくうなずいた。そして、一瞬だけ、右手首につけている水晶の数珠《じゅず》をチラリと見やった。

鏡に映るその様子を目にして、増岡はいささか怪訝《けげん》な気がした。大学時代の友人から聞いた話では、数あるパワーストーンの中でも、水晶はあらゆる幸福を呼び寄せる万能石と信じられているらしい。《美佐も、パワーストーンをつけてみたらいいのに。きっといいことがあるわよ》と、その友人から勧められたものの、そんな迷信みたいなものが納得できず、やんわりと断ったものだった。これほどの才能や天分に恵まれている小田嶋でも、そんなゲン担ぎを信じているのだろうか。

「なるほど。その事件については明確な記憶がないので、私がお役に立てるかどうか分かりませんが、喜んで協力させていただきますよ」

小田嶋が、明るい笑みを浮かべて言った。

「それはありがたい。ただ、実はその事件とほぼ時を同じくして、現場近くで、もう一つ別のとんでもない出来事が発生しました。しかも、それがゆくゆくその事件の解明に関わってくると考えられますので、申し訳ありませんが、そちらの出来事も含めた説明を聞いていただけますか」

「ええ、もちろん、かまいませんよ」

鷹揚《おうよう》な態度を保ったまま、小田嶋がうなずく。

すると、香山が再び口を開いた。

「小田嶋さんは、西船橋駅を利用されたことはおありでしょうか――」

二

令和五年八月二十八日。

三宅義邦が西船橋駅の改札を通り抜けたのは、午後七時十六分のことだった。

どこの所轄署でも、刑事課というものは、ほかの部署よりもはるかに多忙である。些細《ささい》な揉《も》め事、喧嘩《けんか》騒ぎ、窃盗、強盗、暴行傷害、そして殺人。刑事課の人間が煩わされる面倒な事案は、嫌でも次から次へと発生する。だが、ほんの時折、嘘のようにそうした厄介事がまったく起きない日というものがある。今日が、まさにそんな日だった。

おかげで、久々に早く家に帰れるぜ――

そう思いながら、三宅は改札を出て右側へ曲がると、駅の北口に足を向けた。下りエスカレーターで駅舎の外へ出る。蒸し暑い夜気が、全身を包む。濃紺の背広の上着を腕に掛けており、皺《しわ》だらけの半袖《はんそで》のワイシャツに、色褪《いろあ》せたブルーの斜め縞《じま》のネクタイ、下はスーツのズボン、足元は踵《かかと》が擦り減った革靴というなりだった。中年太りのせいで、一日動き回るだけで、ひどく疲れが溜《た》まる。ひと風呂《ふろ》浴びて、枝豆を肴《さかな》にキンキンに冷えたビールを飲みたい気分だった。

いいや、今夜は、青ネギと下ろし生姜《しょうが》を添えた冷奴《ひややっこ》が、いいかもしれないな――

西船橋駅は、南口の目の前が線路沿いに走る道路となっており、いささか殺風景な町筋である。一方、北口側は、こぢんまりしたロータリーがあって、それを丸く取り囲むように、駅ビル、中華料理屋、薬局のチェーン店、レストラン、無数の飲み屋が入った雑居ビル、それに不動産業者の商業ビルなどが雑多に立ち並んでおり、かなり賑《にぎ》やかな界隈《かいわい》と言えるだろう。目の前がタクシー乗り場となっているロータリーには、まだかなりの車の往来があり、通りかかる人々は、飲食店に立ち寄ったり、忙《せわ》しない足取りで家路を急いだりしている。

三宅はネオンの灯《とも》った歩道を東へ進み、途中の路地へ曲がった。そして、すぐ北側に走っている国道一四号線へ近道しようと、薄暗い裏道に足を踏み入れる。

一般の住宅と店舗、それに雑居ビルが入り交じった、じめじめとした狭い通路沿いに、空瓶が立てられた赤い塩化ビニール製のビール・ケースと、水色の円筒形のゴミ箱が三つ置かれていた。ゴミ箱はどれも蓋《ふた》がずれており、黄色いビニール袋が盛り上がっている。近くの飲食店から出された生ゴミだろう。

三宅は汗の流れる顔をしかめ、舌打ちを漏らす。早暁のカラスの群れに突《つつ》かれて食い荒らされ、路上に生ゴミが散乱するのは、こうした杜撰《ずさん》な残飯の出し方が原因なのだ。

横手の路地の奥から、短い悲鳴が聞こえたと思ったのは、そのときだった。

三宅は、咄嗟《とっさ》に特殊警棒を手にすると、慌てて暗い路地の奥へ走った。

「何しやがるんだ、この野郎」

胴間声が轟《とどろ》いた次の瞬間、今度はひどく苦し気な呻《うめ》き声が聞こえた。

彼が慌てて路地の角を右へ曲がると、街灯のある電信柱の横に、小柄な男がアスファルトの道路に尻《しり》もちをついた姿勢で、両手を背後の路面についたまま、呆然《ぼうぜん》とした顔つきをしていた。

二メートルほど先の路面に、体の大きな男が、よろけるように仰向《あおむ》けに倒れ込んでゆく。驚愕《きょうがく》したように両目を見開いたままだ。横たわった喉元《のどもと》に、黒い柄の包丁らしきものが突き刺さっていた。倒れ込んだ体は目に見えて痙攣《けいれん》しており、周囲のアスファルトに、赤黒い血が音もなく広がり始める。

凶行が、たったいま起きたことは明らかだった。左横の建物の鉄扉が開けっぱなしになっており、路地の突き当りは表通りで、五メートルほど先にコンビニの明るい店舗が見えている。

三宅は警察手帳の身分証明書を示すと、身構えて威嚇の声を発した。

「私は警察官だ。無駄な抵抗はするな」

尻もちをついて腑抜《ふぬ》けたようになっていた男が、ギョッとしたように三宅に顔を向けた。左頬に、血が擦《こす》れたように広がってこびりついている。青ざめた顔で身を震わせ、降参したというように、中年男はいきなり両手を高く上げた。足元に、布製の手提げ袋が落ちていた。

「おまえが刺したのか」

三宅の言葉に、目を大きく見開き、男は震える声で言った。

「は、はい、私が刺しました」

「よし、傷害の容疑で、現行犯逮捕する。おとなしくしろ」

常に携帯している手錠を取り出すと、三宅は震えている男の両手首に掛けた。その間、男はまったくされるままになっていた。三宅は、手錠を掛けられた男の両手の親指や人差し指に、生々しい血が付着しているのを目にした。刺した相手の返り血だろう。

三宅は息を弾ませたまま、腕時計で時刻を確認する。

午後七時二十三分。

しゃがみ込ませた男の腰のベルトを固く握りしめたまま、横たわった被害者に近づき、空いている方の指先を、素早く頸動脈《けいどうみゃく》に当てる。温かい体温と、かすかな脈動を感じたものの、刃物が急所である喉元に深々と刺さっており、意識を完全に失っていることは明らかだった。

ズボンのポケットからスマホを取り出し、登録してある刑事課の番号をタップして耳に当てた。倒れている被害者の生死が気にかかり、早く電話に出てくれ、と苛立《いらだ》ちが募る。呼び出し音が二回目に差し掛かったとき、通話がつながった。

《船橋署刑事課です》

「こちら、三宅です。たったいま傷害事件が発生し、加害者を現行犯逮捕しました。被害者は喉元を刺されて意識不明、大至急救急車を手配願います」

《傷害事件だと。――三宅、いまそっちに連絡しようと思っていたところだ》

スマホから、刑事課係長の米良《めら》の大声が返って来た。

「連絡？　いったい何事ですか」

もどかしい思いで、三宅も言い返す。

《管内で、立て籠《こ》もり事件が発生したぞ》

つかの間言葉を失ったが、三宅はすぐに叫んだ。

「現場は、どこですか」

《西船橋駅北口側のコンビニだ》

三宅は息を呑《の》み、路地の先のコンビニに目を向けた。

その刹那《せつな》、息が止まる。

目の前で起きた事件にばかり気を取られていたが、ガラス張りの店内で赤色灯が明滅しており、劈《つんざ》くような警報がはっきりと響いていた。

三

立川守男《たちかわもりお》巡査部長は、船橋署のトヨタ・マークXのハンドルを握っていた。

助手席に座っている香山が、街灯が点々と灯り始めた国道一四号線を無言で見つめている。

立川は左右を確認するとき、右側のドアのガラスに映るおのれの顔を目にする。七三分けの髪型、それに眼鼻の小さい、薄い顔立ち。

千葉街道とも呼ばれる片側一車線のこの道路は、かなり曲がりくねっており、沿道には商業ビルやマンション、それに普通の住宅などが雑多に建て込んでいる。立川も香山も、半袖の白いワイシャツに、濃紺のズボンというなりだった。朝一で、二人は八月二十日に管内で発生した、大学生による凶悪な連続強盗傷害事件の補充捜査のために外出して、その帰途だった。

そのとき、車載の無線通信機がふいにくぐもった音声を発した。

《こちら通信指令課。船橋市西船《にしふな》四丁目――より入電。近くのコンビニに、若い男性が女性店員を人質にして立て籠もった模様。犯人は凶器を所持していると考えられます。各移動、各警戒員は至急、現場に向かわれたい――》

香山が、すぐにインストルメント・パネルに取り付けられている黒いハンディー・マイクを手に取り、通話スイッチを押して言った。

「こちらは船橋署刑事課の香山と立川。現在、現場付近を覆面PCで走行中。ただちに急行します」

一瞬、立川は車載のデジタル時計に目を向けた。

午後七時二十四分。

香山が、サイレンのスイッチを入れた。たちまち耳を聾《ろう》するサイレンが轟き、覆面パトカーのルーフ上で、赤色警光灯が回転し始めた。

立川はアクセルを踏み込む。前方を走行している一般車両のテールランプが点々と赤く灯り、すぐさまハザードランプも点滅させて、次々と左側の路肩に停車してゆく。そのすぐ横を、マークXは制限速度をはるかに超えたスピードで走り抜けてゆく。

「面倒なことになりましたね」

顔を前方に向けたまま、立川はハンドルを操作しながら大きな声で言う。

「ああ、立て籠もりが長引かないといいな」

香山も大声で言い返してきた。

以前は、金に窮した人間が、町中の小規模な郵便局を襲う事例が多かった。ところが、昨今では、コンビニや牛丼屋が狙われる傾向が増加している。《ワンオペ》といって、店員が一人の場合もあり、時間帯によっては店内にほとんど客がいないことが少なくないからだろう。そのくせ、確実にある程度の現金が備えられているのだ。とはいえ、犯人がそのまま立て籠もる例は、滅多にない。今回の犯人は、何らかの不測の事態に逆上して、咄嗟の判断を誤ったのかもしれない。

覆面パトカーは、西船四丁目の信号を左折した。

山野町《やまのちよう》を右折すると、立川は京葉線《けいよう》の高架手前の路肩にマークXを停車させて、素早くエンジンを切った。

香山が、助手席側のドアを開けて外に降り立つ。

同時に、立川も運転席から外に出た。

蒸し暑い夜気が、全身を包む。

彼は腕時計を見た。

午後七時二十九分。

西側の街灯の灯《とも》った交差点付近に、かなりの数の制服姿の警察官たちが見えた。交差点手前には、路肩にパトカーが数台停まっている。北口側にある交番の警察官たちや、市内を巡回中の機動捜査隊がいち早く駆けつけたのだろう。交差点の信号機が、赤い明滅を繰り返している。

二人はポケットから《捜査》の腕章を出し、それを半袖《はんそで》に安全ピンで留めると、すぐに駆け出した。

「どんな様子ですか」

規制線の黄色いテープが張られたコンビニ近くの路地で、香山が中年の制服警官に訊《き》いた。所轄署の所属と階級を告げて、現場で陣頭指揮を執っていた人物に話しかけたところである。

「立て籠もりが発生して、まだ三十分弱というところですが、犯人の男は道路側の店舗のシェードをすべて下ろして、表側の入り口の自動ドアと裏口も施錠してしまいました。したがって、店内の様子は窺《うかが》い知れません。むろん、表側も裏側も、警官を数名ずつ配置してありますので、逃走の恐れはないと思います。人質は一名で、アルバイトの女性店員のようです」

中年の制服警官が言った。眉《まゆ》の太い、えらの張った四角い赤ら顔で、警察の紺帽子を被《かぶ》り、水色の半袖ワイシャツに、紺色の防刃ベストを身に着けている。左胸の銀色地の階級章は、《巡査長》だった。

立川と香山から少し離れた路上で、白いヘルメットを被った三名の警察官が、ホイッスルを鋭く短く吹きながら赤色灯の付いた誘導棒を振りまわし、通りかかる一般車両を迂回《うかい》させている。

「犯人の男は、何歳くらいですか」

香山が訊いた。

「事件発生時に店内にいた二名の客からの聞き取りによれば、二十代半ばくらいだそうです」

四角い顔の巡査長が言った。

「事件発生の経緯は？」

「同じ目撃者たちの証言ですが、若い男がふらりと店内に入って来たのが、だいたい午後七時過ぎだったそうです。目撃者の一人は、この近くにある総菜屋の女性店員で、店内のＡＴＭでお金を下ろしていました。もう一人は女子大生で、奥のスイーツの棚の前にいたとのことです。たまたま男の動きを見ていたのは、この女子大生で、男がポテトチップスの袋を持ってレジ・カウンターに近づき、女性店員が商品にバーコード・リーダーを当てようとしたところ、男がその手首をいきなり摑《つか》んだとのことです。異常な事態を察した女子大生は慌てて逃げだし、総菜屋の女性店員も同様でした。警報が鳴り響いたのは、その直後だったとのことです」

「犯人の風体は」

「ボサボサの茶髪、ドクロ柄の黒いＴシャツにアーミールックみたいなカーキ色のズボン、それに黒い編み上げ靴という恰好《かっこう》です」

「凶器の種類は」

「折り畳み式の刃物のようです」

「大きさは」

「刃渡り十センチほどの、ごく小さなものという証言を得ています。しかし、ほかにも危険なものを所持している可能性は捨てきれません」

「特殊班は、どうなっているんですか」

横に立っている立川は、思わず言った。誘拐や立て籠もりなどの凶悪で対応の難しい事案については、刑事課だけでなく、県警本部に所属している特殊事件捜査班、通称「特殊班」と呼ばれる人員が専従することになっているのだ。

「いま、こっちに向かっているはずです」

「人質の安否は確認できていますか」

香山の言葉に、巡査長は一転して渋い顔つきになり、かぶりを振る。

「まったく分かりません」

そのとき、長身の若い警察官が息を弾ませて駆け寄って来た。

「店内の犯人が、何か怒鳴っています」

巡査長の顔に緊張が走った。

香山が立川と顔を見合わせると、すぐに巡査長に言った。

「ともかく、特殊班が到着するまで、何とかして犯人の関心をこちらに引き付けましょう」

言うと、二人の警察官とともに、香山と立川はコンビニの正面入り口へ走った。

コンビニの道路側のガラス窓と正面の自動ドアの内側に、白っぽいシェードが下りていた。その自動ドアの左右に、二名ずつの制服警察官が警棒を手にして潜んでいる。ホルスターの拳銃《けんじゅう》に手を掛けている者もいた。警察官職務執行法第七条に基づいた行動にほかならない。

そのとき、中から怒声が響いた。

「おい、外にいる警官どもも、よく聞けよ。少しでも妙な真似をしたら、人質の女を刺すぞ――」

立て籠《こ》もっている男の側からは、窓を覆ったシェードの隙間から外の様子が把握できるらしい。次々と警察官が集まってきていることで、犯人の興奮の目盛りが一段階上昇したのだろう。

香山が考えを巡らせる顔つきになり、巡査長を振り返った。

「メガホンはありますか」

巡査長が若い警察官に顔を向けた。

「パトカーから取って来てくれ」

「了解しました」

若い長身の警察官が、きびきびとした態度で駆け出した。

その間も、次々と別のパトカーが駆けつけて来た。白バイも三台到着した。はるか遠くから、サイレンが殷々《いんいん》と響いており、いっそう不穏な気配があたりに昂《こう》じてゆく。

若い警察官がハンディー・タイプのメガホンを持って戻って来た。

香山がわずかに頭を下げて、そのメガホンを受け取ると、コンビニに向き直り、それを口に当てた。

「船橋署の香山だ、聞こえるか。そちらの言う通り、こちらは何もしない。だから、人質に手を出さないでくれ」

拡声された言葉が、周囲に響き渡る。

「嘘を吐け。応援を呼んでいるんだろう。人質を助けたかったら、警官どもをすぐにコンビニから五十メートル後退させろ」

店の中から、すぐに怒鳴り声が返って来た。

「その前に、人質が無事かどうか確認させてくれ」

「馬鹿野郎。そんな要求を吞《の》めると思うのか」

「どうして立て籠もったんだ。金が欲しかったのか」

「うるさい、どうでもいいだろう」

「失業したのか。それとも、借金取りに追われているのか」

「黙れ。さっさと警察官どもを下がらせろ。人質がどうなってもかまわないのか」

そのとき、少し離れた路上に、黒い覆面パトカーが鋭いブレーキ音を立てて停車し、中から三名の男たちが降りてくるのが見えた。手に黒いアタッシェケースを下げている。三人とも、地味な紺色の背広姿である。

特殊班の人員に違いない。彼らもメガホンを手にしている香山を目にして、状況を察したらしい。真っすぐに駆け寄って来た。

「特殊班の柿本《かきもと》警部補です」

息を弾ませて、先頭の男が口を開いた。体が大きな人物で、髪を短く刈り込んでおり、肌が浅黒く、鋭い目つきをしている。歳は、香山と同じくらいだろう。

「同じく、三島《みしま》巡査部長です」

銀縁眼鏡を掛けた真面目そうな男が言った。こちらは七三分けで、四十前後という感じだ。

「村松《むらまつ》巡査部長です」

三人目は、やや小太りで目が細く、四十前と思われた。

「船橋署刑事課の香山巡査部長です」

香山も名乗った。

「同じく、立川巡査部長です」

立川も倣う。

「どんな状況ですか」

柿本が早口で訊《き》いた。

香山が、現状とこれまでの経緯を手短に説明すると、柿本はうなずく。

「それでいいです。犯人の注意をこちらに引き付ける声掛けを、続行してください」

「そちらは、どうするんですか」

「コンビニ内部の状況を可能な限り把握します。犯人と人質の動き、その両者の位置の確認が何よりも重要ですから」

「しかし、表も裏も施錠されていますし、窓にはシェードが下りていて、店内は覗《のぞ》けませんよ」

立川は思わず言った。

すると、かすかに口角を持ち上げて、柿本が言った。

「任せてください。餅《もち》は餅屋ですよ」

四

犯人とのやり取りが、すでに二時間ほども続いていた。

一時間ほど前、所轄署である船橋署の最上階にある講堂に、今回の立て籠もり事件に対応する対策本部が急遽《きゅうきょ》設営されて、そこへ乗り込んだ県警本部の一課長からの指示で、コンビニ周辺は多数の制服警官によって十重《とえ》二十重《はたえ》に包囲されていた。

また、対策本部から派遣された二名のベテラン捜査員が、船橋市内にあるコンビニのオーナー宅を訪れて、店内の構造、電気系統のスイッチの場所、凶器となる可能性のある刃物の所在、表と裏の錠やドアガードの種類など、店内の詳細な情報を入手し、その内容が現場の警察官たちに共有された。さらに、現場に搬送された十台の強力な投光器によって、コンビニ店舗の表も裏も、ぎらぎらとした白い光で照らされている。

そうした状況下で、柿本たちは、コンビニ内部の状況把握を着々と進めていた。彼らが使用しているのは、先端が極細のファイバースコープのレンズになっているカメラだった。裏口の鉄扉とコンクリート路面の隙間からレンズの先端を差し込んで、手元のコントローラーでレンズの向きを自在に操作して、モニター画面で内部の状況を明瞭《めいりょう》に視認できるのだ。そのうえ、暗視スコープの機能まである。以前はかなり特殊な機器だったらしいが、昨今では、ネットなどで一般人でも普通に購入できるという。

同時に、特殊班は超単一指向性マイクをコンビニへ向けた。このマイクは、極めて狭い範囲の正面からの音声しか拾わないという特性がある。犯人が叫んでいるとき、同時に別の二か所からマイクの先を向けて、音声が拾えた交錯点が、店内で男が潜んでいる個所ということになる。人質となっている女性店員も、間違いなくその場所で拘束されているはずなのだ。

こうした現場での対応に加えて、コンビニ周辺の建物に取り付けられている防犯カメラが軒並み検《あらた》められ、立て籠もっている男の複数の画像の確認が行われた。それらがただちにプリントされて、所轄署と県警本部の三十名の捜査員たちによる付近一帯での聞き込みが一斉に開始されたのである。

犯人の身元の特定と、犯行動機の解明が目的であり、その人物の人間関係の把握も、重要なポイントだった。立て籠もりが長時間に及んだ場合、対策本部の選択肢の一つとして、立て籠もり犯の肉親や恋人、親しい友人などを現場近くへ連れてきて、人質の解放や投降を呼びかけさせるという手段も考えられるからである。


「これから、どうするんですか」

立て籠もりが二時間半を経過した時点で、香山が声を大きくして柿本に訊いた。

彼らの周囲には、動員された三十名ほどの警察官たちが群がっていた。どの警察官も防刃ベストを着用しており、連絡用のインターカムを装着している。警杖《けいじょう》やライオットシールドもすでに全員分が用意されていた。警杖とは、犯人を取り押さえるための硬質の長い棒で、ライオットシールドは犯人の凶器から身を守ると同時に、犯人を制圧するためのポリカーボネート製の透明で頑丈な盾である。

「逃亡の手立てを持たない犯人にとって、残された選択肢は、たとえ行き着く先に破《は》綻《たん》が待ち構えていることが分かっていても、逮捕という最悪の事態を何とかして先延ばしにすることに帰着せざるを得ません――」

柿本も大声で言った。二人とも、額に玉の汗が浮いている。

彼が言葉を続けた。

「――しかも、今回の犯人の場合、飲み物や食料が手元にふんだんにあり、冷房やトイレまで完備されている。したがって、表側の自動ドアと裏口を施錠し、内部の様子が分からないようにすれば、人質を取っている状況下では、警察もたやすく手出しはできないだろう、とある程度は高をくくっていることでしょう」

少し離れた路上に、民放のテレビ局の大型中継車が二台も停まっており、二組の撮影クルーによって、現場中継が行われている。ここからのニュース映像が、リアル・タイムでお茶の間のテレビ画面に映し出されているのだろう。上空に、メインローターの回転音が、禍々《まがまが》しく轟《とどろ》いている。新聞社かテレビ局が、中継のためのヘリコプターを飛来させたのだ。

「そこに、油断が生ずるわけですね」

香山が言うと、柿本がうなずく。

「ええ。その一方で、香山さんが長時間にわたってメガホンで声を掛け続けたために、絶え間のない興奮からくる緊張を強いられていますから、そろそろ集中力の欠如も来しているはずです。ファイバースコープ・カメラによる視認では、犯人はコンビニの裏部屋にいないことは確実です。マイクによる音声での探索により、店の商品棚の間の通路の中央部に潜んでいるものと考えられます。十分ほど前から、その位置からの移動はまったくありません。怒鳴り声も完全に嗄《しゃが》れており、口数もめっきり少なくなっている。犯人は、心身ともにかなり疲弊していると考えていいでしょう。――しかし、ここからが、まさに本当の勝負です」

「本当の勝負――」

香山の鸚鵡《おうむ》返《がえ》しの言葉に、柿本が真剣な顔つきで再びうなずく。

「消耗しきった犯人は、長時間の緊張と苛立《いらだ》ち、それにどこにも逃げ場がない焦燥感に堪え切れなくなって、最終的に、常識的な意思のコントロールができなくなる可能性があります。極限まで伸びきったゴム紐《ひも》が、あるところでぷっつりと断裂するように。それが一番恐ろしい」

「つまり、自暴自棄になるということですか」

「その通りです。そうなれば、犯人は破れかぶれになって、最悪の場合、人質を手に掛けないとも限りません。犯人自身が、自殺を図る恐れもあります」

そのとき、特殊班の三島が息を切らして走ってきた。

「チーフ、たったいま一課長から、強行突入止むなしとの命令が出ました。これ以上立て籠《こ》もりが続くと、人質の心身への負担が限界を超える恐れがある、との対策本部の最終判断です」

「とうとう出たか」

柿本が、一つ大きく息を吐いた。

「拘束のための本隊が裏手から密《ひそ》かに潜入し、正面から大掛かりな陽動を掛けて、一気に押しつぶす計略です」

「よし、犯人の動静をもう一度慎重に確認したうえで、裏の非常口を外から開錠するぞ」

その後、店内の犯人の位置を、機材を使って入念に再確認したうえで、裏口の錠が特殊班の村松のピッキングで開錠されて、ドアガードも音を立てぬように慎重に開けられた。錠さえ外すことができれば、たとえどれほど頑丈なドアガードが掛けられていても、わずかに開いたドアの隙間から細いロープを差し込んでドアガードに潜らせることで、実は簡単に外せるものなのだ。

そこから特殊班の三名と、選ばれた六人の屈強な警察官が密かに裏の部屋に入り込んだ。彼らは全員、防護服に身を包み、通信用のインターカムと高性能の暗視スコープを装着していた。

《こちらは、準備完了》

耳に嵌《は》めたインターカムで柿本からの連絡を受けると、香山が巡査長に顔を向けて言った。

「店舗内に潜入した特殊班の準備が整いました。こちらも始めましょう」

「了解しました」

巡査長がうなずき、その指揮に従って、二十名以上の警察官たちが足音を慎重に忍ばせて、コンビニ正面横の配置についた。全員がライオットシールドと警杖を構えており、四名の警察官は大槌《おおつち》を手にしている。

その様子を確認して、香山がおもむろにメガホンを口に当てた。

「船橋署の香山だ。聞いているか。一度だけでいいから、人質の安全を確認させてくれ。顔を見せるか、声を聞かせてくれ」

静まり返っていたコンビニの周辺に、拡声された言葉が響き渡る。

「うるさい。どうしても人質の安全を確認したいのなら、まず投光器を残らず消すんだ。それから、すべての警官をすぐに五十メートル下がらせろ。話はそれからだ――」

痛々しいほどまでに嗄れた怒鳴り声が、すぐに返って来た。

「分かった。きみの条件をすべて呑《の》もう。ただし、あと十分だけ時間をくれ――」

「だめだ、五分で下がらせるんだ――」

こちらの撒《ま》いた餌に、相手が即座に食いついてきた。いまの香山の返答に、コンビニ内に潜んでいる犯人の男は、立て籠もってから初めて心底ホッとしたに違いない。

その瞬間、腕時計に目を向けたまま、香山はインターカムの接話マイクに言った。

「いまだ」

その号令で、事前に呼び寄せられて待機していた電力会社の技術員が、一帯の通電を遮断した。

周囲の街灯と、コンビニ内の電灯が一瞬にして消えた。

真っ暗闇の中で、激しい破壊音が立て続けに響いたのは、次の瞬間だった。

警官たちが大槌で正面の自動ドアのガラスを叩《たた》き割り、ほかの人員が雪崩を打って店内に突入してゆく。

「無駄な抵抗するな――」

「警察だ――」

「おとなしくしろ――」

暗闇に、無数の怒号が響き渡る。

犯人を驚かして、こちらに注意を向けさせる作戦だった。合図を耳にした途端、裏の部屋に息を殺して待機していた特殊班と警察官たちが、暗視スコープを頼りに真っ暗な室内を犯人の背後から音もなく殺到し、続けざまに覆いかぶさって押しつぶし、身動きを完全に封じる計画だ。

《犯人を確保、犯人を確保！》

インターカムから柿本の声が響いたのは、正面からの突入が開始されてわずか十数秒後だった。

途端に、投光器のスイッチが入った。

破壊された正面入り口の奥で、警察官たちから五人がかりで両手足を押さえられて、長い茶髪を引っ張られた若い男の歪《ゆが》んだ顔が、真昼のような明るさの中に浮かび上がった。

「畜生っ、くそ野郎ども放しやがれ――」

五

「ほお、そんな出来事があったんですか」

香山が言葉を切ると、小田嶋はすかさず感に堪えぬという口ぶりで言った。

「ええ、翌朝の新聞に大きな記事が出ましたし、テレビでも盛んに報道されましたけど、ご存じありませんでしたか。――それはともあれ、人質になった女性店員の勇気ある行動が犯人逮捕につながったのですから、彼女が無事だったことで、私どもも何よりホッとしたものです」

「それは、どういうことですか」

小田嶋が怪訝《けげん》そうに首を傾げた。

「彼女は、コンビニの店舗前の歩道を何度も行ったり来たりしている若い男の挙動に、何となく不審の念を抱いていたんだそうです。だからこそ、その男が店に入って来たときから、それとなく用心していて、非常用の警報器のボタンの位置も改めて確かめていました。そのおかげで、手首を掴《つか》まれてナイフを胸元に突きつけられた時、咄嗟《とっさ》に非常用のボタンを押すことができたんです。異常事態に気が付いた二人の客が、慌てて外へ飛び出してゆく様子に、犯人が気を取られた刹那《せつな》のことでした」

「なるほど。素晴らしい機転ですね」

「ええ、確かに。もっとも、かなりの精神的なショックを受けていたため、彼女はすぐに救急車で病院へ搬送されました。警報器のボタンを押したことに、ひどく腹を立てた犯人が、立て籠《こ》もっている間中、彼女に刃物を向けて執拗《しつよう》に威嚇していたそうですから」

「それは心配だ。早く元気になってほしいものですね。――それで、その立て籠もりの一件が、みなさんが調べている人が刺された事件と、いったいどのように関連してくるんですか」

　香山が即座にうなずく。

「まさに、そのことです、小田嶋さんのお力をお借りしたいのは。――いきなり、すぐ近くのコンビニで立て籠もり事件が発生したため、傷害容疑の犯人を現行犯逮捕した警官は、その場での判断に迷ったそうです。手錠を掛けた男を、彼は船橋署へすぐにも連行するつもりでした。そのうえ、刺された被害者の保護も急がなければなりません。しかし、目と鼻の先で別の凶悪事件が発生したという状況下では、所轄署の警察官として、そちらへも対応すべき立場にあったというわけです。で、結局、彼は刑事課の係長に判断を仰ぎました。その結果、彼とパトカーで駆けつけた応援要員の二人は、立て籠もり事件よりもまずは傷害事件を優先しろ、との指示を受け、捕まえた犯人の連行を担当することとなったのです。むろん、すぐに被害者のための救急車も手配されました」

第二章

一

「どうして、刺したんだ」

パトカーの後部座席の左側に座っている三宅は、右隣で手錠を掛けられたまま俯《うつむ》いている中年男に言った。

だが、顔面蒼白《そうはく》の男は無言のままで、走行中の車の揺れに身を任せて、固まったようにじっとしている。

「何とか言ったらどうなんだ」

顔を近づけて、もう一度大声で話しかける。

現場に駆け付けたとき、この男は被害者を刺したことを、いともあっさりと認めた。手錠を掛けようとしたときも、まったく抵抗を示さなかった。コンビニの立て籠もり事件の騒ぎが大きくなる中で、護送用のパトカーが到着し、その後部座席の奥に押し込めようとしたときには、三宅に促されただけで、自ら素直に乗り込んだのだ。

だが、そんな殊勝な振る舞いが、いまは嘘のように、こちらの問いかけに身動き一つしない。ハンドルを握っている増岡の座席の背に目を向けたまま、放心したように黙り込んでいる。額に汗が光っており、こちらに向けられている左頰に、擦《こす》れたように血が広がってこびりついている。

人を刺してしまったことに、衝撃を受けているのだろうか。このパトカーとほぼ同時に現場に到着した救急車の救急隊員たちによって、その場で路面に倒れていた被害者が絶命状態であることも判明したのである。人を死に至らしめれば、こんな虚脱状態になるのも、ある意味で無理はないかもしれない。

そう思いながら、三宅は自分が遭遇した突発事態を、改めて思い返した。

被害者男性は、その外見から、五十歳前後と想像された。一メートル八十センチほどもある長身で、相当に太った体つきだ。高価そうなオフホワイトのジャケットを身に着けており、渋い紫地に水玉模様のシックなネクタイ、それに仕立てのよさそうな黒いスラックス、足元はウイングチップのコンビの革靴だった。ワイシャツの袖《そで》に、大粒のダイヤをはめ込んだ高価そうなカフスが光っていた。癖のある縮れた黒髪で、短い黒々とした眉《まゆ》が太く、頰が垂れたいわゆるブルドッグ顔をしており、唇の分厚い大きな口が目を惹《ひ》いた。だが、その左頰が斜め横に一閃《いっせん》したように斬られており、傷口から流れ出た血が、何かに押し付けられたように周囲の肌に広がって付着していた。もっとも、喉元《のどもと》の刺し傷が致命傷だったことは明らかだった。

一方、加害者である目の前の男は、対照的に肩幅が狭い小柄な人物だ。半白の髪がかなり薄くなっており、目も鼻も丸く、おちょぼ口をしている。年齢は、やはり五十くらいのように思われる。半袖の紺色のシャツに、下は膝《ひざ》の抜けた擦り切れたジーンズで、足元は黒いウォーキングシューズ。それに、これはパトカーに乗せてから初めて気が付いたことだったが、明らかに酒臭いのだ。

それにしても、今頃、駅前のあのコンビニ周辺は、大騒ぎになっていることだろう。駆けつけて来た大勢の制服警察官たちの姿や、現場近くで一言、二言慌ただしく言葉を交わしただけの主任の香山と、立川の顔が思い出される。立て籠もり犯は、もう逮捕されたのだろうか。人質となった女性店員の安否も、ひどく気にかかる。

そこまで考えながら、加害者の横顔を見つめていた三宅は、思わず息が止まった。男の薄く開いたままだった口元が、かすかに戦慄《わなな》き、ほんの一瞬だけ白い歯を覗《のぞ》かせたのだ。

いま、笑った？

信じ難い気持ちで、三宅は驚いて男から身を離す。

だが、男は、すぐにもとの放心したような顔つきに戻る。

開いたままの口で繰り返す浅い呼吸。

うつろな眼差《まなざ》し。

手錠を掛けられて膝に投げ出すように置かれた、血が付着した両手。

それらを目にした刹那、疑念と怒りを覚えて、三宅は思わず再度問い質《ただ》した。

「いったい何が原因で、あの男の人を刺したんだ。それに、凶器の包丁はどこから持ってきた。おまえの所持品だったのか」

その言葉に、突然、男の肩がガクッと震えた。

息遣いも、少し大きくなった。

男の呼吸が、にわかに速くなってゆく。

膝に置かれていた両掌《りようてのひら》を、いきなり握りしめたかと思うと、その両拳《りようこぶし》を胸に強く押し当てて、折れるように前屈《まえかが》みになった。

目をきつく瞑《つぶ》ったまま、口から苦悶《くもん》のような甲高い呻《うめ》きが一声漏れた。

いままで蒼白だった顔面が、真っ赤になり、今度は唸《うな》りのような長い悲鳴を漏らし、体全体を小刻みに震わしている。

額に、びっしょりと汗が噴き出していた。

「おい、おまえ、どうしたんだよ」

三宅は慌てて声を掛ける。

「三宅さん、何が起きているんですか」

運転席でハンドルを握っている増岡が、狼狽《うろた》えきったように叫んだ。

「苦しいのか。何とか言え」

三宅も焦って声を掛ける。

それでも、屈みこんだまま、男は呻きながら身を激しく震わし続けている。

「増岡、こりゃただ事じゃないぞ。緊急事態だ、すぐに病院へ向かってくれ」

「了解しました」

増岡が裏返った声で叫ぶと、サイレンのスイッチを入れた。

二

「その晩に起きた傷害致死事件の犯人は、残念なことに、こんなふうにしてパトカーが救急病院へ到着する直前に息を引き取ってしまいました」

香山が抑えたような口調で言った。そして、おもむろに手元から二枚の写真を取り出し、小田嶋に差し出した。

「これが加害者です。もう一枚が、被害者です」

二枚の写真を反射的に右手で受け取ると、小田嶋がそれらの写真に目を落とす。

「二人に、見覚えはありませんか」

　香山の問いに、小田嶋は即座にかぶりを振る。

「いいえ、まさか。二人とも、まったく知らない人です――この方たちが、お亡くなりになったんですか。どんな方でも、死んでいい人間なんて、いませんよね。たとえ、人を刺して死に至らしめても」

　悄然《しょうぜん》とした口ぶりで言うと、小田嶋は二枚の写真を香山の前に置く。

　香山がうなずくのを、増岡は見た。

「確かに、あなたのおっしゃる通りです。ともあれ、現行犯逮捕した人間が連行する途中で亡くなったのですから、手続き上からも、司法解剖が必要でした。その結果、死因が判明しました」

「死因――」

　鸚鵡《おうむ》返《がえ》しに口にした小田嶋に、香山は言った。

「心筋梗塞《こうそく》だったんです。後に判明したことですが、亡くなった男性は、以前にも軽い心筋梗塞の発作を起こしたことがありました。それが関係しているかは分かりませんが、検死を担当した医師によれば、あの晩、異常な出来事のせいで、心身に過剰なダメージを被り、心臓が一気に破綻《はたん》してしまったんだろうとのことでした。いわゆる冠動脈の閉塞《へいそく》による、心筋細胞の壊死《えし》からくる突然死というやつです。そのうえ、血液検査によって、血中のアルコール濃度も異様に高くなっていたことが判明したんです」

「血中のアルコール濃度――」

「ええ、もしも車の運転中に警察の検問に引っ掛かり、呼気検査を受けたとしたら、飲酒運転で一発で免許取り消し、欠格期間二年となるほどの数値でした。それも体調が急変した要因の一つだった可能性があるとのことでした」

　すると、小田嶋がハッとしたように顔を上げ、口を開いた。

「あの、ちょっと待ってください。その方は亡くなったのに送検された、ということですか」

「ご不審は、ごもっともです。しかし、その男性は、まさに被害者が刺された事件現場にいました。これは後になって判明したことですが、被害者の喉元に刺さっていた凶器は、彼が仕事場から持ち帰ったものでしたし、その包丁の柄から検出された指紋は、彼の両手の指のそれと一致することも確認されました。そして、何よりも、被害者を刺したことを認めた当人の供述があったんです。あの場合、警察には、逮捕の規定に従って四十八時間以内に送検するという選択肢しかあり得ませんでした――」

　香山の説明を耳にしても、小田嶋は納得しがたいという顔つきを変えない。

　すると、香山が、心得顔になり言葉を続けた。

「――被疑者死亡のままの書類送検については、担当の検察官が《不起訴裁定書》を作成することが決まっています。その書類の主文が、《被疑者死亡》とされることも。しかし、たとえそうした場合でも、正式に送検するからには、最低限、加害者や被害者の人となり、両者の関係の有無、傷害致死に至った具体的な経緯や、犯行の動機を明らかにしておく必要がありました。そこで、私たちは死亡した加害者の所持品を調べて、居住地や勤め先を特定し、形式的な捜査を行うことにしたんです。むろん、被害者についても同様でした。ところが、いざそうした調べに取り掛かってみると、まったく思ってもみなかった意外な事実が浮かび上がってきましてね。それが、すべての発端だったんですよ」

三

八月二十九日、午前九時過ぎ。

増岡は三宅とともに、JR千葉駅の改札口を通り抜けた。

広々としたコンコースに、数えきれないほどの乗降客が行き交っており、構内に電車の発着を告げるアナウンスが谺《こだま》している。

二人は、これから昨晩起きた傷害致死事件の加害者の《鑑取り》に取り掛かるところだった。人となり、暮らしぶり、仕事内容、人間関係など、対象者についての詳細な実情を浮き彫りにするのが、《鑑取り》にほかならない。

昨晩、署に連行される途中で急死した男性については、着衣や靴、身体だけでなく、その所持品のすべてが詳細に調べられた。所持品は腕時計、定期入れ、本革製の長財布、ハンカチ、ポケット・ティッシュ、それに自宅と仕事場のものと思われる二本の鍵《かぎ》の付いたキーホルダーだった。

定期入れの免許証から、彼の氏名と現住所が判明し、名刺によって勤め先も判明した。氏名は、殿山和雄《とのやまかずお》という。年齢は五十一歳で、住所は西船橋駅から二キロほど南の住宅街にあるアパートである。勤め先は、千葉市中央区栄町《ちゅうおうくさかえちょう》にある《精肉店タカハシ》だった。

長財布には、銀行のカードが二枚、クレジット・カードが一枚、健康保険証、数枚のレシート、それにスーパーマーケットのポイント・カードが一枚入っており、所持金は全部で一万五千八百二十円だった。

いささか腕時計にうるさい増岡は、一見地味に見える彼の腕時計が、スイスの《IWC社》製だと知って驚いたものだった。正確な値段までは分からないものの、かなり高価な品のはずである。

彼の頬に付着していた血糊《ちのり》と、両手の指に残っていた血痕《けっこん》は、鑑識課員が採取して、分析のために科捜研に送られた。それ以外に、紺色の半袖シャツにも数か所の血の付着が確認された。一メートル六十センチの全身を検《あらた》めたが、打撲や切り傷などは確認されなかった。

一方、被害者についても、ある程度の素性が判明した。ジャケットの内ポケットに入っていた黒いクロコダイル革の長財布から、免許証と名刺が見つかり、氏名は近藤《こんどう》清太郎《せいたろう》、事件が起きた路地に面した《清和《せいわ》ビル》三階に事務所がある、《S・Kファイナンス》の取締役社長であることが分かった。その財布には、ゴールドやプラチナよりも上位の、クレジット・カードの最高峰であるブラック・カードが入っていた。ブラック・カードの実物を目の当たりにしたのは、増岡にとって初めてのことだった。

当然、近藤清太郎についても、現場で検視が行われた。彼の体に残されていた傷は二か所。左頰のわずかな切り傷と、喉元《のどもと》の刺し傷で、こちらは食道と脊髄《せきずい》を貫通するほどの深いものだった。一メートル八十センチもある遺体には、そのほかに、擦り傷や打撲痕《こん》なども皆無だった。

増岡は三宅とともに、加害者の勤め先である千葉駅近くの精肉店タカハシへ向かっている。そこでの調べが終わったら、自宅アパート周辺での聞き込みに回ることになっていた。殿山の自宅の家宅捜索は、米良や立川が担当しているはずで、近藤清太郎の家宅捜索も兼務している。西船橋駅周辺での目撃者探しは別の二人の担当で、彼らは被害者周辺の人からの聞き込みも行う。

増岡が千葉駅から外へ出ると、目の前の広々とした大通りがハレーションを起こしたように白っぽく見えた。タクシーやバス、トラック、バイク、それに乗用車がひっきりなしに通りかかる。

信号が青に変わり、信号機のスピーカーから、懐かしい童謡のメロディが鳴り出す。白っぽい夏服姿の人々がいっせいに、広い横断歩道を渡り始める。大通りの両側に、大型の家電量販店、全国チェーンのホテル、各種の銀行、それに電信会社の社屋などの巨大な建物が続いていた。じきに九月だというのに、今朝も青空が高く、純白の入道雲がすでに立ち上っている。

「三宅さん、今度の一件をどう思いますか」

人々にまじって歩道を歩きながら、日差しの眩《まぶ》しさに目を瞬《しばたた》かせつつ、増岡は肩を並べている三宅に言った。

「単純な傷害致死事件に決まっているじゃないか。おおかた、ぶつかって口論にでもなったかして、カッとなって刺しちまったんだろう」

口元に手を当てて、大あくびをしながら、三宅が面倒くさそうに言った。

昨日は、管内で晩に入って二つも事件が重なってしまったせいで、所轄署である船橋署では、ほとんどの署員が徹夜に近い状況だったのである。署内にある道場や、講堂に敷かれた薄い布団で短い仮眠を取り、今朝二人が口にしたものと言えば、コンビニのおにぎりとペットボトルの緑茶だけだった。そのせいで、体の節々がひどく痛むのを感じながら、増岡は言い返した。

「本当に、そうかしら」

「何か、引っかかることでもあるのかよ」

三宅がこちらを見下ろして、くしゃくしゃのハンカチで額の汗を拭《ぬぐ》っている。

「仮にカッとなって刺したのだとしたら、被害者の致命傷の位置が、何だか不自然だと思いませんか」

「致命傷の位置？」

「ええ、被害者の近藤清太郎さんの背丈は一メートル八十センチでしょう。それに対して、加害者の殿山は一メートル六十センチと小柄ですよ。かなりの身長差があるのに、被害者の喉元が刺されているじゃないですか」

「だから？」

「もしも衝動的に刺したとしたら、腹部とか胸部を狙うのが普通でしょう。しかも、被害者には申し訳ないけど、近藤さんはかなり太っていたから、刺しやすい的とも言えます。それなのに、どうして、胸部よりもさらに上の、しかも細い喉元をわざわざ刺したりしたんでしょう」

「咄嗟《とっさ》の出来事の場合、予想外の展開となることは珍しくないぞ。おまえだって、そんな事例を、これまで嫌というほど見て来ただろう」

そう言われても、納得しがたい気持ちは解消せず、増岡は小さく唸《うな》る。

「何だよ、まだ気に食わないのか」

「ええ、昨晩、救急病院に到着した後、加害者の死亡を確認してもらっているときに、三宅さんは私にこう言ったじゃないですか。《あいつ、護送中のパトカーの中で笑っていたんだぞ》って」

「ああ、確かにそんなことを言ったかもしれないけど、いまから思えば、俺の勘違いだったかもしれん」

「勘違い？」

「そうさ。普通の人間が他人を刺して、挙句に、死に追いやってしまったんだ。まともな精神状態ではいられなくても、当然じゃないか。そんな場合、思わず妙な表情を見せる可能性だって皆無じゃない。だから、何というか、変な顔つきをしただけかもしれんぞ」

「ええ、確かにそういうことはあるかもしれませんけど」

「おまえは、何だと思っているんだ」

「快哉《かいさい》の笑い、だったとは考えられませんか」

「喜んでいたっていうのか。人を刺して、殺しておいてだぞ。その理由は？」

「理由は、今は何も思いつきませんけど」

しきりと首を捻《ひね》る増岡を、三宅が見て言った。

「またしても、いつもの癖が始まっちまったんだな」

やれやれと言わんばかりに、彼が首を横に振る。

「いつもの癖って、何のことですか」

「がり勉でけちんぼ、そのうえこだわり屋という、おまえの癖さ」

増岡は、思わず横断歩道上で立ち止まり、不満に頰を膨らませる。

だが、三宅はそれに一切構うことなく、日盛りの道をどんどん遠ざかってゆく。

一つ大きく息を吐くと、彼女は慌ててそのあとを追った。

殿山が勤めていた精肉店タカハシは、千葉駅前の大通りを南東へ進み、タウンライナーと呼ばれる千葉都市モノレールの高架を潜った先の交差点を左に折れて、三百メートルほど先をさらに左へ曲がった先にあった。

その辺りは、地方都市によくあるアーケード街となっており、千葉駅前の堂々たる街並みとはまったく異なり、昔ながらの雑多な小さな店舗が、時代とともに少しずつ衣替えをしたという感じの庶民的な界隈《かいわい》だ。

歩道に面したショーウィンドウに、センスの古い食品サンプルが並んだ中華料理店。

個人経営の焼き肉屋。店頭に出されているワゴン台で、百円均一の瀬戸物が売られている雑貨屋。中高年の女性向けの衣料品店。店頭用ディスプレーのカエルが置かれた薬局。それに、カラフルなドアのスナックなどが軒を並べており、増岡たちの目指していた精肉店タカハシも、その一角にあった。

「行くぞ」

増岡は、三宅に促されて精肉店の横手にある通用口に足を踏み入れた。

「殿山が、人を刺し殺したですって――」

店主の高橋吾一《たかはしごいち》が目を大きく見開き、驚きの表情を浮かべた。

三宅が、事件について説明して、併せて殿山の急死についても告げたところだった。

増岡は、隣で執務手帳と鉛筆を手にしている。

店内奥の調理台で、若い男の店員が、巨大な肉の塊を包丁で丁寧にさばいている。壁に取り付けられた大型の換気扇が音を立てて稼働しているものの、店内には食用油の匂いが籠《こも》っていた。白いエプロンを着け、白い三角巾《さんかくきん》を頭に巻いた女性従業員が、壁際に設置されている大きな業務用フライヤーで、次から次へとコロッケを揚げているのだ。

「ええ、昨晩の午後七時過ぎのことです。場所は、西船橋駅北口そばの路地裏でした」

三宅の言葉に、高橋が大きく首を振った。

「信じられないな」

「どうして、そう思われるんですか」

「だって、あいつはいたって大人しい人間でしたし、人と争うどころか、大きな声を上げたこともないから。——しかも、亡くなったとはね」

にわかには受け入れがたいという調子で、高橋は唸るように言った。

増岡は、その顔をじっと見つめる。

髪をスポーツ刈りのように短くし、濃い眉《まゆ》が太く、度の強い銀縁眼鏡を掛けている。そのせいで、くっきりとした二重の目がさらに大きく見えるのだ。腕が太くて、髭《ひげ》の剃《そ》り跡が青く、鼻の穴の大きな人物だ。歳は、四十代半ばくらいだろう。半袖《はんそで》の白いシャツと黒いズボンというなりで、その上に胸当てのある白い前掛けを身に着けている。足元は黒いゴム長靴だった。

「勤務態度はどうでしたか」

三宅の質問に、つかの間言葉に詰まったものの、高橋はすぐに言った。

「よかったですよ。遅刻や無断欠勤は一度もなかったし、仕事ぶりも熱心で、作業も早い方でしたから」

「大人しいとおっしゃいましたけど、どんな性格でしたか」

「真面目で、几帳面《きちょうめん》でしたね。精肉の腕は文句なしによかったですし。――しかし、そんなやばい事件を起こしちゃったなんて、まいったな」

額に手を当てて、高橋は渋い顔つきになった。

「金銭的な面については、どうですか」

「金？　いいや、その点も特に問題はなかったですね。うちのバカ息子なんか、麻雀《マージャン》とかパチスロに嵌《はま》っちゃっていますけど、あいつは誘われても、一度もそっちには手を出さなかったと思います」

「だったら、金に窮しているとか、借金を抱えているとか、そういったことはなかったんですね」

三宅の質問の意図を、増岡はすぐに察した。

殿山と近藤清太郎の間には、いまのところ直接的な繋《つな》がりは見出《みいだ》されていない。しかし、ファイナンス会社の社長という被害者の身分が判明した途端、もしや、という思いを捜査陣は抱いたのだった。金銭に絡む揉《も》め事ではないか、という疑いである。殿山自身か、もしくは彼と密接な関係にある別の誰かが、近藤清太郎の会社から借金をして、その挙句にひどく追い詰められ、切羽詰まって害意を抱く。誰でも思い描きそうな安易な筋書きのように思えるものの、現実に、その手の事件は絶えない。

しかし、高橋はすぐにかぶりを振った。

「私が知る限りじゃ、そんな様子はなかったですね。給料の前借りも一度もなかったし、持ち物だって、安物っていう感じじゃなかったから」

増岡は内心でうなずく。殿山が身に着けていたスイス製の腕時計のことを思い出したのである。

「それなら、殿山が誰かと揉めていたとか、ひどく恨んでいたとか、そういうことを見聞きしたことはありませんでしたか」

「いいや、そんなことは、一度もありませんでした。いまもお話ししたように、大人しい人間でしたから」

三宅は苦々しい顔つきになったものの、すぐに思いついたというように質問を続けた。

「昨日のことですけど、殿山に何か変わった様子はありませんでしたか」

「いいや、いつもと変わらなかったと思い――」

と言いかけて、高橋の視線がふいに宙に止まった。それから、おもむろに三宅に目を向けた。

「――そういえば、ちょっとだけ、いつもと違うことがありましたよ」

「いつもと違うこと？」

「ええ、仕事を早引けしたいと言い出したんです。一昨日《おととい》の晩になって、あいつが申し出たことでね。これまで一度もそんなことがなかったから、いいよって許可したんです。うちは午後七時が終業なんですけど。昨日、殿山は午後六時ジャストに仕事から上がったんですよ」

三宅が怪訝《けげん》そうに首を傾げて、増岡に顔を向けた。

その意図を察して、彼女もうなずき返す。千葉駅から西船橋駅までは、総武本線で九駅しかなく、乗車時間は三十分弱である。そして、殿山の引き起こした事件は、午後七時二十分過ぎに発生したことが判明しているのだ。時系列からして、午後六時にここを辞した殿山には、一時間弱の空白の時間帯があることになる。

三宅自身がその直接の目撃者であり、短い悲鳴を耳にして、慌てて暗い路地の奥へ走った彼は、《何しやがるんだ、この野郎》という怒声と、次の瞬間、苦し気な呻《うめ》き声も聞いている。その直後、路地の角を右へ曲がった三宅は、路面に尻《しり》もちをついたまま呆然《ぼうぜん》となっている殿山と、二メートルほど先の路面に、よろけて仰向《あおむ》けに倒れ込む近藤清太郎を目にしたのだった。

この状況から常識的に考えても、殿山が近藤清太郎を刺すという凶行の幕が切って落とされたのは、三宅が路地に足を踏み入れた頃だったと考えざるを得ない。しかも、それ以前に二人が長々と争いを演じていた可能性を示すような痕跡《こんせき》は、現場にも、加害者や被害者の体や衣服にも残されていなかった。ならば、殿山は、その路地を通りかかる前に、一時間弱、どこで何をしていたのだろう。

そう思ったとき、三宅が発した質問で、増岡の思念は途切れた。

「ご主人、これに見覚えはありませんか」

三宅が、二枚の写真を差し出した。それは、殿山が近藤清太郎を刺したときに用いた包丁と、現場に落ちていた布製の手提げ袋を撮影したカラー写真だった。その包丁は特徴的なもので、極端に細長い鋭角的な三角形の形状をしており、刃が厚い。

高橋がつと写真に見入る。すぐに顔を上げて、こともなげに言った。

「これは、うちの包丁ですし、手提げ袋は殿山のものですけど」

「こちらの包丁――」

「ええ――」

うなずきかけて、高橋がふいに顔つきを変えた。

「まさか、殿山がこれで――」

甲高い言葉の終わりを、高橋は呑《の》み込んでしまった。

三宅がうなずく。

「そうなんです。これが凶器に使われました」

高橋が写真に視線を戻し、大きくため息を吐き、おもむろに言った。

「骨スキ包丁ですよ。精肉に加工するときに使うものでね、食肉の骨に当たっても、刃毀《はこぼ》れしない頑丈な造りになっているんです」

そう言うと、彼はその場から離れて、奥の作業台へ行き、すぐに戻って来た。まったく同じ形状の包丁を手にしていた。

「柄の形も同じだから、昨日、殿山がここから一本こっそり持ち出しやがったんだ、きっと」

そう言われて、増岡と三宅は、同時に奥の調理台に置かれた肉をさばいている男性に目を向けた。その従業員は、肉の塊から筋や脂肪を削《そ》いでいるものの、普通とは違う包丁の持ち方をしていた。刃先を下に向けて、柄の部分を握っている。

「あの持ち方は、何ですか？」

三宅が言った。

「ああ、リバース・グリップですよ。食肉の骨を外すとき、力を籠《こ》める必要があるので、精肉に加工するときはああいう使い方をするんです」

「殿山は、どうして仕事用の包丁を持ち出したんでしょう。これまでにも、持ち出したことがありましたか」

「いいや、一度もないし、どうして持ち出したのか、まったく見当もつきません」

「自宅で研ぐつもりだったということは、考えられませんか」

「それは、絶対にあり得ません」

「どうしてですか」

「普通の包丁なら、砥石《といし》で研ぎますけど、骨スキ包丁ってものは、店に備え付けてある鑢棒《やすりぼう》で研ぐものなんです」

なるほど、とうなずいて三宅が黙り込んだので、増岡は身を乗り出して言った。

「ご主人、殿山が親しくしている人間はいましたか」

「いいや、特にいなかったみたいですね。ここへ訪ねてくる人もいなかったし、電話が掛かって来たこともありませんでしたから。仕事が終わると、さっさと後片付けして、私に声を掛けて帰って行っちまったし」

「家族や知り合いのことについて、何か話していたことはありませんか」

「いいえ、一度もなかったですね。殿山は自分のことについちゃ、ほとんど喋《しゃべ》らなかったから。亡くなった人に、いまさらこんなことを言ったら何だけど、ともかく、面白みのない男でね」

「面白みのない男ですか――」

高橋は鼻の穴を膨らまして、深々とうなずく。

「ええ、そうですよ。仕事柄、こっちも従業員との意思疎通には、それなりに気を遣っているんですよ。だから、殿山がここに勤め始めた半年ほど前、一度だけ、船橋のキャバクラに飲みに行こうよ、と誘ったんですけど、私は酒が飲めませんからって、体よく断られちゃいました」

「酒が飲めない——それって、本当なんですか」

増岡は、思わず言った。

その強い語気に驚いたように顎《あご》を引くと、高橋が肩を竦《すく》めた。

「ええ、本人が、確かにそう言ったんですよ。どうしてなんだって訊《き》いたら、半年ほど前に体を壊してしまって、それから医者に注意されて、酒を一切止めたんだと言っていました」

「三宅さん、どう思います」

増岡は、思わず三宅に囁《ささや》く。逮捕された時点で、殿山は明らかに酒臭かった。体を壊して、一切酒を断っていたはずの人物が、どうして昨日に限って、飲酒したのだろう。

うーん、と三宅が唸《うな》ると、ポケットから出したしわくちゃのハンカチで顔を拭《ぬぐ》う。そして、口を開いた。

「ちょっとばかし、妙な具合になって来たな——」

そして、高橋に顔を向けて、言葉を続けた。

「——いま、殿山が半年前からここに勤めだしたとおっしゃいましたけど、そのときの経緯を話していただけませんか」

「ええ、構いませんけど。確か、この二月初旬に、求人雑誌に載せておいた広告を見て、ここへ訪ねて来たんです。前に勤めていたもう一人の精肉の担当者が、何の前触れもなく独立して店を持っちまったんで、急遽《きゅうきょ》代わりの人間を探さなければならなくなりましてね。年齢的には、もっと若いのがよかったんだけど、面接で話をしてみたら、少し前まで、松阪《まつさか》牛を専門に扱う銀座《ぎんざ》の精肉店に勤めていたという経歴だったから、試しにと思って雇うことにしたんです」

「銀座の精肉店――」

増岡は思わず声を上げた。そんな人が、こんな町中の個人経営の小さな肉屋なんかに、どうして応募してきたんですか、という言葉を危うく呑み込む。

隣で、三宅もしきりと首を傾げている。

四

「男の一人暮らしにしちゃ、やけに片付いているな」

家宅捜索の手を止めて、米良が室内を見回している。彼は、胡麻塩《ごましお》の短く刈り込んだ髪型で、二重の丸い目、厚い唇と小鼻の広がった鼻、それに色黒のせいで、エネルギッシュな印象を与える。白い半袖《はんそで》ワイシャツに、地味な紺のズボンというなりだ。

「本当ですね」

壁際に置かれた本棚を、手袋をした手で調べている立川も、言葉を返しながら思った。

南向きの畳敷きの六畳間と、北向きの板の間の四畳半の台所、それにトイレ併用のユニットバス。それが殿山の借りているアパート、第三桜荘《さくらそう》の間取りだった。一階に四世帯あり、二階も同じ世帯数となっていて、彼の部屋は二階西端の八号室である。

家宅捜索を行うための《捜索差押許可状》をもとにして、大家立ち会いのもとに、部屋の錠を開けて室内へ足を踏み入れた立川たちは、男物の黒いサンダルだけが置かれた、殺風景な玄関の三和土《たたき》を目にしたのだった。部屋を見渡してみて、女性や子供が住んでいないことは一目瞭然《りょうぜん》だった。

男やもめの暮らしぶりといえば、黄ばんだ畳に敷かれたままの薄い布団、座卓に放置された食器やカップ麺《めん》の空き容器、食べ尽くしたスナック菓子の袋、週刊誌や漫画雑誌の山、壁の長押《なげし》からだらしなく吊《つ》るされたシャツや黒い靴下、そんな光景を思い浮かべがちだろう。

ところが、殿山の部屋は実に整然としており、余計なものが何一つ見当たらなかった。布団は押入れにきちんと畳んで仕舞われていた。部屋の畳や台所も、掃除が行き届いている。サッシ窓には緑色のカーテンが引かれていた。部屋にテレビはなく、窓際に置かれた小さめのデスクに時計と卓上カレンダー、携帯ラジオが載っているだけだった。もっとも、冷房を点《つ》けていない室内には、熱気が籠《こも》っている。

第三桜荘は、西船橋駅から二キロほど離れた住宅街にあり、位置関係からして、西船橋駅で降りたとしたら、事件が発生した路地を通ると、確かに近道になる。

念のため、事前に第三桜荘を管理している駅前の不動産屋に当たってみたところ、殿山がここに引っ越してきたのは、今年の二月初頭だった。ちなみに、家賃は六万六千円だという。

「あの一件と関係ありそうなものは、一つ残らず押収しろ。それに殿山と関係のある人物が特定できそうなものや、日頃の動静に繋《つな》がりそうなものも押収して、署に戻って分析するんだ。むろん、被害者の近藤さんとの関係が窺《うかが》えそうなものは、絶対に見落とすなよ」

米良の言葉に、立川はうなずく。

「了解しました」

鑑識課員の一人が室内を撮影している。

別の鑑識課員は、台所を調べている。

本棚を見回してみても、特に立川の目を引くものはなかった。文庫本や単行本が三十冊ほど並んでいるだけだ。池波正太郎《いけなみしょうたろう》や藤沢周平《ふじさわしゅうへい》の時代小説、司馬遼太郎《しばりょうたろう》の歴史小説、松本清張《まつもとせいちょう》や外国のミステリーなど、実に雑多だ。その横に、読み古したような雑誌が、たった一冊だけ差さっていた。アルバムの類《たぐい》は見当たらない。そのため、家族構成や過去の暮らしぶりは窺い知れない。

立川は、本を一冊ずつ手に取り、パラパラと頁をめくってみる。家宅捜索のとき、頁の間に思いがけないものが挟まれていることがあるからだ。

次に、彼は読み古しの雑誌を手に取り、二、三頁めくってみたものの、何の変哲もない釣り関連の雑誌に過ぎなかった。逆さにして振ってみても、頁のあいだに挟まっているものもない。

その雑誌も、ほかの文庫本と同様に押収用の段ボール箱に入れると、また別の文庫本を手に取る。

本棚が終わったら、デスクの中身も調べてみなければならない。

そんな作業を続けながら、立川は漠然とした疑問を感じていた。

殿山は、この部屋でいったい何を楽しみに暮らしていたのだろう——

「社長が刺し殺されたですって」

S・Kファイナンスの応接室で、顧客担当の川西潔《かわにしきよし》が素《す》っ頓狂《とんきょう》な声を張り上げた。

「ええ、昨日の午後七時過ぎに、この建物の裏手の路地で事件は発生しました。朝刊には記事が間に合わなかったようですが、今朝のテレビでは、同じ頃にすぐ近くのコンビニで発生した立て籠《こ》もり事件のニュースに続いて短く報道されていましたよ。ご存じなかったんですか」

赤城竜彦《あかぎたつひこ》巡査部長は言った。隣の渋い紅色の革張りのソファに、同僚の水沢修三《みずさわしゅうぞう》巡査が手帳と鉛筆を手にして座っている。二人の正面の壁には、《顧客第一》と太く墨書された扁額《へんがく》が掛けられている。

船橋署の刑事課に所属する二人は、朝からこの事務所周辺で、昨晩の事件の目撃者や、喧嘩《けんか》騒ぎや揉《も》め事に気が付いた人間を懸命に探したものの、そんな人物は一人も見つからなかった。もしかすると、あの傷害事件の直後に目と鼻の先にあるコンビニで立て籠もり事件が発生したことで、人々の関心がそちらに向けられてしまったからかもしれない。そこで、近藤清太郎の《鑑》を取るために、あらためてS・Kファイナンスを訪れたところだった。

「そりゃ迂闊《うかつ》だったな。コンビニの立て籠もりについちゃ、ほかの社員から聞きましたけど、社長のことは初耳です。朝はいつもバタバタしていて、テレビでニュースをのんびりと見ている暇なんかなくってね。——なるほど、それでだったんですね、今朝ここへ出社してきたら、近くにパトカーが停まっているし、警官の姿がやけに目に付いたのは。それに、いつまでたっても社長が出勤してこないのは——」

感に堪えぬというようにうなずくと、川西は興味深そうに続けた。

「――いったいどこの誰に刺し殺されちまったんですか、うちの社長は」

「殿山和雄という人物です。たまたま、署の者がその現場に行き合わせて、現行犯逮捕しました。しかし、適切な言葉が思い浮かびませんが、署に連行している途中、その男はパトカーの中で息を引き取りました」

「はぁー、おっ死《ち》んじまったんですか、そのふざけた人殺し野郎まで」

驚きとも、怒りともつかない、素っ頓狂な声を、川西は再び張り上げた。

「ええ」

応接室に沈黙が落ちた。

その沈黙を破って、赤城はわずかに身を乗り出して言った。

「そこでお訊《き》きしたいのですが、こちらの会社の顧客の中に、殿山和雄という人物は含まれておりませんか。あるいは、何らかの関係者かもしれませんが」

その言葉に、川西が口をへの字にして唸《うな》った。

その顔を赤城は見つめる。

歳は、四十前後だろう。肩の張った細いストライプ入りの明るい紺色のスーツ姿で、四角い顔をしており、髪はパンチパーマだ。眉《まゆ》に剃《そ》りが入っていて、キツネのような細い眼鼻をしている。右手の薬指に銀色の太いファッションリングを嵌《は》めており、ゴルフでもするのか、日焼けしていた。容姿全体から、かすかに崩れた感じが漂っている。事務所内は、寒いほどに冷房が効いていた。

「私が覚えている限りじゃ、殿山なんて知りませんね。――でも、ちょっと待ってくださいよ」

赤城に掌《てのひら》を向けて言うと、川西はソファから素早く立ち上がり、応接室の出入り口に歩み寄り、ドアを開いて、隣の部屋に声をかけた。

「おい、佐々木《ささき》、顧客名簿をすぐに持ってこいや。――現在取引中のやつと、以前のやつだ」

そのままドアのところで分厚いバインダーを二冊受け取ると、ソファに戻ってきて、慣れた手つきでファイルを素早く繰った。やがて一つ息を吐くと、顔を上げた。

「やっぱり、いませんね。それに関係者という範囲でも、殿山なんて、まったく心当たりがありません」

「そうですか。それなら、別のことをお訊きします。亡くなられた近藤さんは、どんな方でしたか。例えば、仕事ぶりとか」

「社長ですか。――まあ、かなりのやり手でした。この業界は、相当に競争が激しいんですよ。まさに、生き馬の目を抜くってやつでね」

「やり手ですか」

「ええ、景気の動向をちょっとでも見誤ると、うちみたいな小さなファイナンスなんて、たちまち駆逐されちまいます。――三年半ほど前に、どうやら相当にヤバかったみたいなんですけど、どんな手を使ったのか知りませんが、わずか半年くらいで、社長が見事に立ち直らせました。経営者としての手腕は、本当にたいしたものです」

「そのほかには、人柄とかはどうですか」

「お洒落《しゃれ》な人でした」

「身なりに気を遣っていたってことですね」

「ええ、背広やらジャケットを、しじゅう誂《あつら》えていました。銀座に行きつけの老舗《しにせ》のテーラーがあって、社長の体形そのままのトルソーがあるんだそうです。――そういえば、昨日も、そこの支配人が昼前に、ここへ新調したジャケットを届けに来ていましたっけ。それに、根っからのカー・マニアでしたね」

「カー・マニアとは、どういう意味ですか」

「車検ごとに、新車に乗り換えるんです。安月給でこき使われる私ら社員は、軽の中古がやっとだっていうのに、社長はポルシェ・カイエン、ベンツ、ＢＭＷと次々と買い替えていましたから。まったく贅沢《ぜいたく》なもんです」

　赤城は水沢と顔を見合わせたが、すぐに続けた。

「近藤さんのご家族は？」

「社長は、一人暮らしです。親戚《しんせき》もほとんどいないんじゃないかな」

「お付き合いしている女性は、いらっしゃいましたか」

「そりゃいましたよ。白石彩音《しらいしあやね》という女で、銀座の《赤い薔薇《ばら》》っていう店のホステスです」

赤城と水沢の視線が一瞬だけ交差する。痴情沙汰《ざた》も、十分に殺人の動機になるのだ。その女性が二股《ふたまた》掛けるということもあり得るし、殿山が横恋慕した挙句に、恋敵を刺すという構図もすぐに思い浮かぶ。

「その方と、近藤さんの関係は、良好だったんですかね」

「さあ、どうですかね。社長のプライベートまでは、さすがに分かりません」

「ちなみに、近藤さんは、昨日、こちらに出社してから、どこかへお出かけになったりしたとか、そういうことはありませんでしたか」

赤城は訊いた。突発的に発生した事態の場合、その直前に引き金となった揉め事が起きていた可能性もあるのだ。

「いいえ、朝出社してから、ずっと社長室にいました。太っているし、ひどく暑がりだから、冷房の効いた部屋から出たがらないんです」

この効きすぎた冷房は社長の指示か。赤城は納得しつつ続けた。

「何か、いつもと違った様子はありませんでしたか」

「いいえ、変わった様子は何もありませんでしたね。昼はいつものように、特上の鰻《うな》重《じゅう》の出前だったし」

そう言うと、背広のポケットからセブンスターを取り出し、一本引き抜くと、口に咥《くわ》えて、プラスチック製の百円ライターで火を点《つ》けた。

川西が美味《うま》そうに煙を喫《す》い込むのを見つめながら、赤城はさりげなく切り出した。

「こちらの会社の客と、近藤さんが深刻なトラブルになっていたなんてことは、ありませんか」

途端に、川西は咽《むせ》て煙を吐き出すと、慌てたように言った。

「えっ、客とのトラブルですか。――そりゃまあ、金が絡む仕事ですから、客と揉めることくらい、いくらでもありますよ。しかしね、こっちはれっきとしたファイナンスで、法律にもきちんと則《のっと》ってまともな商売をしているわけだし、借りる客にしたって、たいていは手形の不渡りなどの急場を凌《しの》ぐためだから、逆に感謝されることだってあるんですよ」

「具体的には、どんな人と揉めていたんですか」

その返答を完全に無視して、赤城が質問を続けた。

途端に、川西は鼻白んだ顔つきになり、ムッとしたように不機嫌そうに黙り込んだものの、やがて渋々という感じで口を開いた。

「どんな人と言われたって、そんな屁《へ》みたいなこと、いちいち覚えちゃいられませんよ。それに社長が自分で扱っていた案件もありましたから、それについちゃ、私は何も知りません。——でもね、刑事さん、金にまつわる揉め事程度で、人を刺し殺したりしますか。そんなバカなことをすりゃ、人生が完全にジ・エンドじゃないですか。たとえ死刑にならなくたって、確実に前科持ちになっちまう。二度とまっとうな仕事にありつけないし、世間から後ろ指を指されるし、親戚や知り合いからだって縁を切られちまう——」

しだいに興奮気味になり、やがて大声で捲《まく》し立てたものの、その口調がいきなり暗いものに変わった。

「——いいや、本当のことを言えば、いくつかあったそうです」

言うと、川西は大きくため息を吐いた。

「いくつかあった?」

川西が恨みがましいような上目遣いになり、うなずくと、言った。

「ええ、命の危険を感じるような目に三度も遭ったって、社長が話してくれたことがあります」

いかにもお調子者で酷薄そうなこの男も、社長の近藤清太郎が刺されて死亡したという事実に、それなりにショックを受けたせいで、渋々ながら本当のことを話す気になったのだろう。

「それは、いつのことですか」

「お盆明けの酒の席で聞いた話だから、うろ覚えですけど、最初は三年ほど前だったと思います。ある工務店に対する融資が焦げ付いたんで、担保物件を根こそぎ差し押さえたんです。そうしたら、経営者の野郎が逆切れしましてね」

「逆切れした――」

「ええ、このビルの玄関ホールを出ようとしたとき、摸造刀らしきもので斬りかかって来たんだとか。もっとも、社長は相手を怒鳴りつけて威嚇し、結局は撃退したんだそうです。大学時代、相撲部に所属していたんで、見た目も大柄だけど、腕っぷしがめっぽう強いんですよ。まっ、相手は七十近いジジイだったってことですから、社長から一喝されて、尻尾《しっぽ》を巻いて逃げ出したのも、無理もないかもしれませんけど」

赤城は、またしても水沢と顔を見合わせた。

すると、水沢が身を乗り出して口を開いた。

「その逆切れしたという経営者の名前を、川西さんはご存じですか」

「その案件は、社長が自ら取り仕切っていましたから、私は何も知りません」

「二度目の危難は、どういう経緯だったんですか」

七十近い老人で工務店経営というのなら、精肉業の殿山と結びつく可能性は低いかもしれないと思いながら、赤城は質問を続けた。

「二度目は、夫婦者だったそうです」

「夫婦者――」

「ええ、市川《いちかわ》市内で料理屋を営んでいた中年夫婦がいて、二年ほど前、そこが倒産したんです。うちとしては、貸したものを、耳を揃えて返してもらわなきゃならない。当然でしょう。で、その手っ取り早い返済手段を、社長が親切心でその夫婦者にお教えしたんですよ。ところが、それがひどく気に入らなかったらしく、この事務所の近くで待ち伏せしていて、夫婦で襲い掛かって来たんだそうです」

「それで、どうなりました」

「夫を殴り倒して前歯を折り、女房も階段から蹴《け》り落としてやったと、社長は豪快に笑っていました」

「近藤さんは、その一件をどうして警察に届け出なかったんですか。私が知る限りでは、署に被害届が提出されたという記憶がないんですけど」

川西が肩を竦《すく》めた。

「さあ、社長の判断ですから、私には分かりません――でも、その後、その夫婦者、若い綺麗《きれい》な娘とガス心中したそうですけどね」

澄ました顔つきで、川西がしれっと言った。

　赤城は無言のまま、水沢と目を見かわす。近藤清太郎が夫婦者に迫った借金返済の方法が、何となく想像できたのである。娘を風俗で働かせろ。そんな脅迫めいたものだったのではないだろうか。

「それで、三度目は？」

　赤城は先を促した。

「一年ほど前だったそうです。その相手は商売人ではなく、高校教師でした」

「高校教師——」

　川西が、目を大きくしてうなずく。

「毎年、国立大学の合格者を何名も出す、有名な私立進学校の英語教師で、テレビ・ドラマに出てきてもおかしくないような、バタ臭い顔の二枚目でした。でも、そいつ、馬鹿なやつなんですよ。自分も既婚者のくせに教え子の母親と不倫して、それを相手の夫に勘づかれて、強請《ゆす》られたんですから」

「それで、おたくから借金したというわけですか」

「むろん、そんな裏の事情についちゃ、こっちには一言だって言いませんでしたよ。ところが、強請りにすっかり味を占めた不倫相手の夫が、性根の腐ったヤクザまがいの野郎でね、その教師の女房だけじゃなく、学校側やＰＴＡにもばらすぞって、脅しをエスカレートさせたってわけですよ」

「しかし、そういう経緯だったら、その教師が襲う相手は、不倫相手の夫のはずではありませんか」

赤城に言われて、川西が即座にうなずく。

「度々借金を重ねるそいつに、社長が不審を抱きましてね。商売上の勘というやつでしょう。知り合いの調査員に、こっそりと調べさせたらしいんです。そういうことを、ちょくちょくやってたんですよ、うちの社長って人は。もっとも、そこから上がって来たネタを、いったい何に使ったのかまでは、社員の私らは知りませんけど――」

話しているうちに、すっかり興が乗ってきたのか、川西は歯を見せて続けた。

「――だけど、その英語教師の件は、よほど面白かったらしく、酔っぱらった社長が話してくれました――おっと、ここから先は、本当なら、おたくらに話しちゃいけないことなんでしょうけど、当の社長が昨日の晩、とんでもないことになっちまったんだから、この際、思い切って言っちゃいますよ。事情を知った社長が、おこぼれにあずかろうと、その教師に電話を掛けたんだそうです。――おたくの不倫の件、すべて知っていますよってね」

「それで、逆上した高校教師が襲ってきたということですか」

赤城の質問に、川西が子供じみた悪戯《いたずら》っぽい表情を浮かべると、片目を瞑《つぶ》りウインクを返してきた。

他人の転落を茶化して嗤《わら》う。その下卑た態度に、赤城は内心に怒りを覚えたものの、それを抑えて言った。

「その教師はどうなりました」

「右手に火の点《つ》いた百円ライター、左手にはキャップを外し、ガソリンを満タンにしたペットボトルを持って、いきなり襲い掛かって来たんだそうです」

「襲われた場所は、どこですか」

「社長のマンションの地下駐車場です。ところが、車から降り立った社長の目の前で、そいつはすっ転んで、頭からガソリンを被《かぶ》って、自分自身が火達磨《ひだるま》になったんだそうです。とことん追い詰められて、破れかぶれになっていたせいで、足元が滑っちまったんでしょう。地下駐車場の火災警報器が作動して、消防車と救急車が駆けつけてきて、一命だけは取り留めたらしいですけど、その後、そいつがどうなったか、社長も知らないと言っていました。結局のところ、貸した金は回収できなかったけど、それ以上の大ごとは面倒だと思ったんでしょうね。ともかく、間抜けな野郎ですよ」

野卑な声を張り上げて、川西が仰《の》け反るようにして哄笑《こうしょう》した。

赤城の胸の裡《うち》に、不快な思いが込み上げてくる。仕事柄、不逞《ふてい》の輩《やから》とも、嫌でも接しなければならない。人としての道理を簡単に踏みにじり、まっとうな人間の情愛や情けに、悪意を籠《こ》めた冷笑を平然と浴びせかけ、おのれの欲望を満たすことにしか興味のない獣《けだもの》。世の中には、そんな手合いが無数にいるものだ。目の前の川西も、死亡した近藤清太郎も、間違いなく、そうした部類だろう。ところが、警察はそんな人間でも守らなければならないし、彼らが被害者となった場合、そんな手合いのために身を挺《てい》せざるを得ない。

不条理——

苦々しい気持ちで赤城が思い浮かべたのは、この言葉だった。

すると、黙っていた水沢が口を開いた。

「ときに、こちらの会社の始業と終業は何時でしょう」

「始業が午前九時で、午後六時で終わりですけど。それが何か」

「でも、昨日、近藤さんが会社を後にされたのは、午後七時過ぎ頃でした。これは、どうしてなんでしょうか」

川西が眉《まゆ》を持ち上げて、言った。

「社長は、いつも最後にここを出るんです。死んじまった人間をいまさら悪く言いたかないけど、結局、私ら社員を誰一人として信用していなかったってことでしょうね。だから、退社するのはたいてい午後七時過ぎだったようです。しかも、いまお話しした三つの襲撃事件からこっち、十分に用心して、社長室の窓から、ちょくちょく下の通りの様子を見張って周囲を警戒しているうえに、帰るときは裏の非常口から出るんだって、社長は笑っていましたっけ」

赤城は、水沢とまたしても顔を見合わせた。

五

「殿山さんのことですか」

精肉店の裏口の前で、女性従業員の五木美千代《いつきみちよ》が困惑気味の顔つきで言った。

「ええ、店主の高橋さんから聞き取りをしていたときに、コロッケを揚げながら、あなたも、私たちがここへ来た事情を耳にされたでしょう」

増岡は諭すように言った。

隣で、三宅が煙草の箱を破いた紙と鉛筆を手にして、五木の返答を待ち構えている。増岡たちは、店主の高橋吾一からの聞き取りの後、精肉作業をしていた男性従業員にも質問を行った。だが、高橋が話してくれた以上の収穫はなかった。

そこで、仕事の合間の休憩に入っていた五木からも話を聞くために、六畳ほどの狭く日当たりの悪い裏庭で煙草を喫《す》っていた彼女に声を掛けたのである。

裏庭は雑草だらけで植木がほとんどなく、店舗沿いに、かなりの数の食用油の一斗缶や古い木箱、それに夥《おびただ》しい数の空の植木鉢などが放置されていた。壁際にある古いエアコンの室外機からの排気が、庭の雑草を小刻みに揺らしている。

五木は白と紺のボーダー柄のTシャツに、下はスリムのジーンズ、足元は白いスニーカーというなりだった。休憩中なので、三角巾《さんかくきん》もエプロンも外している。ショートカットの茶髪に、瓜実顔《うりざねがお》で丸い目をした愛嬌《あいきょう》のある顔立ちだ。歳は、三十代前半だろう。

「そりゃ、嫌でも耳に入ってきちゃいますから」

短くなった煙草を、雑草が生い茂った地面に投げ捨てると、スニーカーでもみ消しながら、彼女が言った。

「あなたの目から見て、殿山は、どんな人でしたか」

「どんな人って、だから、うちの社長が言っていたように、真面目で親切な、いい人でしたよ」

緊張しているのか、増岡と視線を合わせないで答える。

「そのほかには？」

「普通の人ですよ、気が小さくて、腰の低い」

「気が小さくて、腰が低い――」

「私よりも十歳以上も年上なのに、すぐに謝るんです。ほら、お店の中で立ち働いていると、商品を運んだりしていて、ほかの人と鉢合わせになっちゃったりするじゃないですか。そんなとき、殿山さん、すぐに自分の方から《すみません》って、深々と頭を下げるんです。こっちが謝るのが当たり前の状況でも、すぐに、ペコペコと頭を下げてばかりだったから」

初めて、五木が増岡に目を向けて言った。

「なるほど、確かにかなり腰が低いですね」

「そうでしょう。最初は、新入りだから、気を遣ってくれてるんだろうと思ったんですけど、ここの仕事にも馴染《なじ》んで、店長や私たちとも普通に接してくれるようになってからも、誰に対しても、そこだけは変わらなかったんです」

最初こそ口が重かったものの、話し始めると、五木は饒舌《じょうぜつ》だった。たぶん、増岡たちが店主の高橋と話し込んでいるのを耳にして、殿山の身に起きたことに、少なからぬ興味を抱いていたのだろう。

「なるほど」

増岡はうなずいたものの、納得がいかない気持ちがすぐに込み上げてくる。世の中には、気の強い者もいれば、気弱な者もいる。そうした気質は簡単に変わることはないし、咄嗟《とっさ》の事態に対して反射的に飛び出す態度も、そんな人柄に大きく左右されるのだ。三宅から聞いた昨晩の傷害致死事件の経緯では、西船橋駅近くのあの路地で、殿山と近藤清太郎の間に、何らかの衝突があった可能性が高いと言えるだろう。だとしたら、いつもの殿山なら、すぐに自分の方から謝りこそすれ、包丁で刺したりするなんて、考えられないではないか。

かなりの量の酒を飲んでいて、いつもよりも気が大きくなっていたからか――

いや、その飲酒自体が、さらに納得のいかない疑問なのだ。

やはり、この一件はどこか変だ――

すると、それまでむっつりと黙していた三宅が、わざとらしい感じの咳払《せきばら》いを一つして、口を開いた。

「五木さん、いまのお話しぶりからすると、仕事場の同僚として、殿山とはそれなりに付き合っていらしたようですけど、彼の口から、家族や知り合いのことを聞いたことはありませんか」

「ええ、あまり喋《しゃべ》りたがらなかったけど、少しだけなら聞いていますよ」

五木のその言葉を耳にして、増岡は膝《ひざ》を叩《たた》く思いで、三宅を素早く盗み見た。

気の小さな男性というものは大概、ほかの男に自分のことを明け透けに喋ろうとはしないものだ。しかし、朗らかな感じの詮索《せんさく》好きな女性から、親し気に問い詰められると、ついつい口を滑らせてしまうことがある。目の前の五木の様子から、三宅はそのあたりの可能性を感じ取り、質問したのだろう。

何だかんだいっても、やっぱりベテラン刑事だけのことはある。増岡は、あらためて見直した気持ちになった。

「どんなことを、殿山は話していたんですか」

「奥さんとは、離婚したって言っていました」

「離婚――」

三宅の言葉に、五木はうなずく。

「だって、五十過ぎなのに一人暮らしだって言うもんだから、えっ、だったら、これまでに一度も結婚しなかったんですかって、冗談めかして訊《き》いたら、殿山さんが恥ずかしそうに、そう言ったんですよ」

「いつですか、離婚したのは」

「さあ、それも聞いたような気がするけど、覚えていません」

「離婚の原因は？」

五木が無言のまま、肩を竦《すく》める。

「そのほかに、聞いたことで覚えていることは？　例えば、子供のこととか、知り合いのこととか」

「いいえ、そういうことは話していませんでした。ただし、前に勤めていた仕事場で、親しくしていた若い男の同僚がいたと話していました」

「その人の名前は」

「そこまでは聞いていません。相手が若い女性ならともかく、あんまり興味もなかったから」

五木が、白い歯を見せた。

三宅の質問が途切れたところで、増岡は再び身を乗り出して言った。

「それなら、昨日の殿山さんについて、何か気付いたことはありませんか。高橋さんは、彼が早引けしたって言っていましたけど」

「ああ、それなら一つだけありますけど」

「何ですか」

「殿山さんが、近くの店に入るところを見たんです」

増岡は、三宅と顔を見合わせた。

「何時ですか。それに、どの店ですか」

「あれは、たぶん午後六時過ぎだったと思います。ここから少し離れた道筋にある炉端焼きの店に入ったんですよ。近所の店へ配達に行った帰りに、あの人の後ろ姿をちらりと見かけたんです」

三宅が驚きで口を半開きにするのを、増岡は目にした。

「そっちの方に、何か目ぼしいものはあるか」

米良が、背後から声を掛けて来た。デスク周りを調べていた立川が振り返ると、係長は押入れの下段の中を調べているところだった。積み重ねてナイロン紐《ひも》で結束された古新聞、段ボール箱、冬用の電気ヒーター、プラスチック製の服収納ケース、昔風の革鞄《かわかばん》などが見えている。

「いいえ、特にこれと言ったものはありません」

言葉を返すと、立川はデスクの右側の上段の引き出しを開けてみる。

万年筆。シャープペン。ボールペン。修正テープ。名刺が入った青いプラスチック製の箱。シャープペンの替え芯《しん》。消しゴム。万年筆のカートリッジインク。変わったものや、目を引くものは何もない。

立川は、一つため息を吐く。事件の捜査というものは、限りない無駄骨の連続と言い換えることができるだろう。砂浜で、特別な一粒の砂粒を捜す。藁山《わらやま》に紛れ込んだ、一本の小さな針を見つける。徒労を繰り返すたびに、そんな光景を連想せずにはいられないのだった。

立川は上段の引き出しを元に戻すと、二段目を引き出した。電池。ドライバー・セット。セロハンテープ。レンチ。スパナー。スティック糊《のり》。大型の虫眼鏡。電卓。瞬間接着剤。

引き出しを戻して、一番下の大きめの引き出しを開けた。ポータブルのパソコンが入っていた。電源コードやマウスも入っている。立川はそのパソコンをデスクに取り出すと、電源プラグを壁のコンセントに差し込み、パソコンにも繋《つな》いだ。ラップトップ式のモニターを開けて、電源のスイッチを入れる。

やがて、音もなくパソコンの画面が立ち上がった。デスクトップには、《ゴミ箱》があるだけで、そのほかにファイルやアプリの《ショートカット》はない。立川はすぐに《ライブラリ》のアイコンをクリックする。《ダウンロード》《ドキュメント》《ピクチャ》と、フォルダーを次々と開いてみたが、いずれも空だった。

仕方なく、彼はインターネットのブラウザーを立ち上げた。そして、《履歴》の項目をクリックした。たちまち閲覧履歴がずらりと表示された。その内容と日付を目で追う。日付は、どうしたことか、今年の二月に集中していた。いずれも、ネット・オークションのページばかりだった。しかも、二月末で、閲覧の履歴はぷっつりと途切れている。

二月と言えば、殿山がこのアパートへ引っ越してきた頃ではないか。もしかしたら、引っ越しで不要になったものを、一斉に処分したのかもしれない。

そう考えながら、履歴の一つをクリックする。画面が現れ、《このオークションは終了しています》という表示が映る。マウスを操作して、画面を下方にスクロールして、殿山が売り払ったものを見つめる。怪訝《けげん》な思いで、ほかの履歴をクリックし、そこの商品も確認する。さらに、別の履歴にも同じことを繰り返す。

だが、オークションの履歴自体に取り立てて不審点はないと思い、顔を上げたとき、デスクの卓上カレンダーが目に留まった。

途端に、立川は息を呑《の》んだ。

八月のカレンダーに整然と並んだ数字の一つにだけ、赤い丸が書きこまれていたのである。

それは、《28》だった。

慌てて背後を振り返ると、米良に声を掛けた。

「係長、ちょっといいですか」

「どうした」

米良が押入れから離れて、こちらに近づいて来た。

「卓上カレンダーの八月二十八日だけに、赤い丸が書きこまれているんですよ」

「何だと」

驚きに満ちた声音だった。

「しかも、パソコンでネットの履歴を調べてみたんですが、いささか気になることを発見しました」

「気になること？」

「ええ、殿山はネット・オークションで色々なものを売り払っているんですが、履歴で確認したところ、それが今年の二月にだけ集中しているんです」

「二月に集中している？」

言いながら、米良がパソコンの画面を覗《のぞ》き込んだ。

六

精肉店タカハシを辞して外に出ると、増岡はすぐに三宅に声を掛けた。

「三宅さん、ちょっといいですか」

「どうしたんだよ。いきなり大声を出したりして」

日盛りの路上で立ち止まった三宅が、顔をしかめて振り返った。

「高橋さんや五木さんの話を聞いて、何だか変だと感じませんでしたか」

「ああ、そりゃ感じたさ、当然だろう。体を壊して、医者から止められて酒を断っていた男が、昨日の晩に限って、どうして酔うほどまで酒を飲んだのかってな」

「でしょう」

彼女の大声の相槌《あいづち》に、道行く人々が、何事かと驚いたように振り返っている。

「おいおい、頼むから、人が見ているところで、そんなに興奮しないでくれよ。俺にだって、人並みの羞恥心《しゅうちしん》ってものがあるんだぞ。だいいち、おまえのエキサイトに水を浴びせるようで悪いけど、殿山のその行動についちゃ、別の読み方だって十分に可能なんだぜ」

「別の読み方？」

「ああ、殿山はいたって真面目で気の小さな男だった。その手の人間はたいてい、人付き合いが苦手なものと相場が決まっている。つまり、高橋っていう、あの脂っぽいオッサンから、女性たちのいるキャバクラへ飲みに行こうなんて強引に誘われて困惑して、咄嗟《とっさ》の方便として言っただけかもしれんじゃないか。つまり、一人のときには、普通に酒を飲んでいたってことさ」

　言われて、増岡は返す言葉に詰まる。が、すぐに次なる攻撃地点に思い至り、すかさず言った。

「だったら、殿山の謝り癖のことは、いったいどうなるんですか」

「謝り癖？」

「ええ、五木さんが言っていたじゃないですか。《私よりも十歳以上も年上なのに、すぐに謝るんです》《こっちが謝るのが当たり前の状況でも、すぐに、ペコペコと頭を下げてばかりだったから》って」

「だから、どうだって言うんだ」

「えっ、三宅さん、おかしいと思わないの？　昨日の晩、殿山は近藤清太郎さんと西船橋駅近くの路地で、どうやら鉢合わせしたみたいなんですよ。そんな場合、いつもの殿山だったら、すぐに自分の方から謝るはずじゃないですか」

「だから、あの男は酒を飲んで酔っ払っていたから、いつもと人間が違っていたんだよ。普段は至って品行方正な俺ですら、酔っぱらうと、少々気が大きくなるからな。だいたいな、いつも小さくなって謝ってばかりいるやつほど、しこたまストレスを溜《た》め込んでいるに決まっている。そんな人間が酔った勢いで爆発すると、とんでもないことをしかねないもんさ」

話は終了という感じで、三宅がさっさと歩き出した。

だが、増岡は食い下がる。

「三宅さん、ちょっと待ってください」

立ち止まった三宅が、大きくため息を吐くのが分かった。それから、忌々《いまいま》しそうに振り返ると、言った。

「まだ、何か言いたいのかよ」

「ええ、事件が起きた直後、殿山は三宅さんから一喝されて、被害者を刺したことをあっさり認めたんでしょう」

「ああ、確かにその通りさ。こうやって両手を上げて、私が刺しましたって、はっきりと認めた」

「揉《も》め事の挙句に、他人に危害を加えてしまった加害者って、たいてい、自分の罪を軽くするために、あらゆる言い訳を繰り出してくるものでしょう。相手が先に手を出したとか、こっちは何も悪いことはしていないとか。でも、逆に、潔く罪を認めた者ほど、謝罪の念を強く感じて、取り調べで落涙したり、詫《わ》びの言葉をくどくどと口にしたりするじゃないですか。まして、自分と何の繋《つな》がりもない人を、ついカッとなって刺して、その結果、死に至らしめてしまったんですよ。お酒に酔っぱらって逆上し、とんでもないことをしでかしても、冷静さを取り戻したとき、真っ先に口を衝《つ》いて出てくるのは、謝罪や懺悔《ざんげ》の言葉のはずじゃないですか」

「そりゃまあ、確かにそうかもしれんが」

　渋々とうなずく三宅に、増岡は続けた。

「でも、連行されるパトカーの中で、殿山は三宅さんからどんなに問い詰められても、謝罪や後悔の言葉どころか、何一つ答えようとしなかったじゃないですか。そもそも、自宅に持ち帰る必要のないお店の骨スキ包丁を、どうして持っていたんですか。しかも、そこにあの事が加わるんですよ」

「あの事？」

「ええ、連行するときに、パトカーの中で殿山が笑ったという、例の話ですよ。私、そのことを、昨晩、香山主任にも話したんですから」

「えっ、おまえ、そんなことまで喋《しゃべ》っちゃったのかよ。だけど、あれはさっきも言ったように――」

言いかけた三宅に、増岡は掌《てのひら》を向けて、その先の言葉を押し止《とど》め、きっぱりと言った。

「もちろん、勘違いかもしれません。でも、もしもそれが勘違いや見間違いじゃなかったら、あの一件は、単なる傷害致死事件じゃなかったという可能性が浮上してくるんですよ」

三宅は何かを言いかけたものの、一つ息を吐き、そのまま口を噤《つぐ》んでしまった。そして、素早く身を翻すと歩き出し、ぶっきらぼうに言い放った。

「炉端焼きの店で聞き込みだ」

増岡も、慌てて後に従った。


傷害致死事件を起こす前に殿山が立ち寄ったという炉端焼き店は、彼が勤めていた精肉店から百五十メートルほど離れた場所にあった。

増岡は三宅とともに、店舗の前に立つ。そこは大通りから二十メートルほど入った道沿いの店で、プラスチックの切り文字を貼った赤い看板が目を引く。その横の漆喰《しっくい》風の白い壁にベタベタと貼り出されている、マーカーで手書きされたお品書きの札など、見るからに典型的な大衆酒場だった。道路の向かい側は、全国的にチェーン展開しているビジネス・ホテルの建物になっている。

店は、開店準備の真最中だった。入り口脇に、ビールメーカーのロゴの入った立て看板が出されており、路肩にホロの付いたトラックが停車して、作業服姿の中年の配達員が荷台から金属製のビールケグを下ろし、通用口から運び込んでいる。この手の店は夕刻からの酒の提供だけでなく、近所の事業所のサラリーマンや店舗の従業員に向けたランチの営業も常態化しているのだろう。

「おい、行くぞ」

三宅が言った。その顔つきが、いつになく真剣になっている。増岡がついさっき口にした指摘が、やはり気になっているのだろう。

「はい」

増岡はうなずき、彼とともに店へ足を踏み入れた。

「昨日のお客さん？」

手渡された写真から顔を上げて、炉端焼き店のマネージャーが素《す》っ頓狂《とんきょう》な声で言った。

「ええ、この人が、午後六時過ぎ頃に入店したはずなんですけど」

三宅が言うと、マネージャーは再び写真に見入る。それは、病院で死亡が確認された後、撮影された殿山の顔写真だった。

増岡は執務手帳と鉛筆を手にしたまま、その表情に目を凝らす。三宅が昨晩発生した事件の概要を告げて、その捜査をしていると切り出したところだった。

炉端焼き店の店内は、壁全体が渋い焼杉板張りになっており、店の奥に、コの字形のゆったりとしたカウンター席がある。カウンター内の調理場の背後の棚には、個性的なラベルが貼られた、日本各地の地酒の一升瓶がずらりと並んでいた。カウンター席手前の複数のテーブル席には、木の椅子が逆さに載せられていて、四人の店員たちがフロアを掃除している。大学生らしき二人の若い女性は、派手な明るい柄の着物に、ビール会社のラベルの模様がプリントされた黒い前掛けという恰好《かっこう》だ。同じ年齢くらいの男性二人は、黒いTシャツに黒いズボンというなりで、同じ前掛けをしている。

マネージャーも男性店員たちと同じ服装だったが、頭に鉢巻代わりに白手拭《しろてぬぐ》いを巻いており、細い目と日焼けした顔立ちが役者並みに整っている。歳は三十代後半と思われた。

その顔が、再び三宅に向けられた。

「申し訳ありませんが、まったく記憶にないですね。マネージャー業務は忙しくて、一人一人の客のことまでは、とても覚えていられませんから」

「それなら、申し訳ありませんけど、他の店員さんたちに、この写真を見てもらえませんかね」

「ええ、かまいませんよ」

言うと、マネージャーは掃除をしている店員たちに声を掛けた。

「みんな、こっちに来てくれないか。警察の方が訊《き》きたいことがあるんだそうだ」

その言葉に、店員たちは手を止めると、互いに顔を見合わせた。どの顔も不安と興味がまじったような表情を浮かべている。

やがて、四人の店員たちに、殿山の写真が回覧された。すると、最後にそれを手にした小柄な若い女性が、「あっ」と声を上げた。

「何か覚えているんですね」

三宅が勢い込んで言った。

彼女が顔を向けた。顔や目が丸く、肌の白い女性である。

「ええ、変わったお客さんだったから、記憶に残っているんです」

「変わったお客？」

「はい。私が注文を取りに行ったら、いきなり、ハイボールをくれって言ったんです。それも三杯も」

目を丸くして、三宅が増岡を見た。やっぱり変だぞ、そういう顔つきだ。

三宅と増岡が黙り込んでいると、その女性店員が言葉を続けた。

「そのうえ、おつまみは、いかがいたしますかって訊いたら、何もいらないって言ったんです。うちみたいな店に来て、何も食べないなんて、信じられないでしょう。だから覚えているんです」

「それで、あなたは三杯のハイボールを運んだんですね」

「はい、お通しと一緒に運びました」

「それから、どうなりました」

「そのお客さん、十分くらいいただけで、すぐに帰っちゃいました。だから、バッシングに行ったら、お通しにはいっさい箸《はし》が付けられていなくて、ハイボールのグラスだけが、三杯とも空になっていました」

バッシングとは、飲食店などで食事の済んだテーブルの食器やグラスを片付けることである。

三宅が、再び増岡と顔を見合わせた。

第三章

一

「どうでしょう。いまの説明をお聞きになって、小田嶋さんも、不審に思われたのではないでしょうか――」

　香山が言い、さらに続けた。

「――ちなみに、千葉市にある近藤清太郎さんのタワー・マンションの家宅捜索や、S・Kファイナンスの事務所の聞き込みでは、事件と結びつくものは何も見つかりませんでした。殿山のアパート周辺での聞き込みでも、目ぼしい収穫はありませんでした。ご近所との付き合いはなく、目立たない存在だったようです。それから、後日の司法解剖の結果、近藤清太郎さんの正式な死因は、骨スキ包丁による食道と脊髄《せきずい》の貫通から生じた出血性ショックと判明しました。また、亡くなった殿山の左頰に付着していた血液と、両手の親指と人差し指に残っていた血ですが、科捜研のDNA鑑定の結果、近藤清太郎さんの血液と判明しました」

そこまで説明して、香山はゆっくりと立ち上がり、部屋の出入り口に近づくと、ドアを開けて外に声を掛けた。

「三宅、例の写真を持ってきてくれないか」

すると、足音がして、「これですね」という声がした。少しの間、香山は相手と何事かやり取りしていたが、やがてドアを閉めると、彼は再び着座し、またしても二枚の写真をデスクに置いた。

「これが凶器に使われた骨スキ包丁で、こちらの写真は、現場に落ちていた殿山の布製の手提げ袋です。たぶん、包丁をこの袋に入れていたんでしょう」

小田嶋が、無言のまま目を落とす。

「見たことはありますか」

「いいえ」

素早い返答だった。

つかの間、室内は静寂に包まれた。

すると、小田嶋が意を決したように言った。

「私は警察の捜査というものが、実際にどういうものか、まったく知りません。たぶん、テレビ・ドラマで見る刑事ものなんかとは、かなり違うんでしょうね。それはともかく、いまの説明を聞いた限りでは、素人の私でも、確かに妙だと感じました」

「ほお、どういう点について、妙だと思われたんですか」

　香山が、試すような物言いをした。

「例えば、その犯人が、勤め先の精肉店の店主に酒が飲めないと言ったにもかかわらず、事件を起こした晩は帰りがけに三杯ものハイボールを飲んだことです。あなたはさっき、殿山という人が、以前にも心筋梗塞《こうそく》の発作を起こしていたとおっしゃいましたよね。つまり、精肉店の店主に酒を断っていると言ったのは、面倒な人付き合いを避けるための方便じゃなかった、と考えざるを得ないと思います」

　その言葉に、香山がしばし黙り込んだものの、おもむろに口を開いた。

「小田嶋さんご自身は、かなりいける口ですか」

「まあ、それなりにはやりますけど」

「それなら、ご自宅に、お酒を揃えていらっしゃることでしょうね」

「ええ、リビングのサイドボードに、ブランデーやバーボンの酒瓶が十本ほど置いてあります」

「なるほど。確かに、殿山のアパートの部屋を徹底的に家宅捜索してみましたけど、酒瓶一本、カップ酒一つありませんでした。――ほかには、どんな点に疑念を覚えましたか」

香山は文字通り、畳みかけるように質問を浴びせている、と増岡は思った。しかし、質問される小田嶋は、苛立《いらだ》つような顔つきや、居心地の悪そうな態度を少しも示すことなく答えた。

「加害者が被害者を刺した凶器についても、少々気になりました」

目の前の写真に視線を向けて、言った。

「気になったのは、どういう点ですか」

「だって、加害者は仕事場で精肉に加工するとき使っていたこの特殊な包丁で、被害者を刺したんでしょう。帰宅するときに、そんなものをどうして所持していたのでしょう。ちなみに、こっちの手提げ袋には、ほかに何が入っていたんですか」

「何も入っていませんでした」

「だとしたら、袋に入っていたのは骨スキ包丁だけで、あらかじめ凶器を用意していたみたいじゃないですか。しかも、加害者の部屋にあった卓上カレンダーの、《28》の部分だけに、赤い丸が書きこまれていたというのも、事件が起きた日付との符合のように思えて、かなり気になりましたね」

その言葉に、香山がうなずいた。

「鋭い指摘だ。小田嶋さん、あなたは警察官に向いているかもしれませんよ。そうなると、あなたの協力の必要性がますます痛感されますね」

「おだてないでください」

破顔して、小田嶋が頭に手を当てた。

「しかしね、小田嶋さん。最初は単純な傷害致死事件と思われたその一件が、そうした調べで浮上したいくつかの不審点のせいで、もしかしたら、まったく別種の犯罪だったかもしれないという疑いを抱かせたものの、そこから先の具体的な筋道を、私たちは少しも描くことができなかったんです。どうしてなのか、お分かりですよね。その時点で調べた限りでは、殿山と近藤清太郎さんとの間に、何一つ結びつきが見出《みいだ》されなかったからですよ。つまり、偶然に起きた傷害致死事件という見方を突き崩すことになる、最も肝心な部分が欠けていたんです」

その言葉に、小田嶋がすかさず言った。

「素人考えかもしれませんけど、難しく考える必要はないんじゃありませんか。現実の出来事には、辻褄《つじつま》の合わないことが、いくらでも紛れ込むもんです。そうしたものが、第三者の目には、偶然という言葉ではとうてい受け入れ難い、不審点や矛盾点のように映ってしまう。たとえば、海外出張の朝、結婚以来一度もなかった夫婦喧嘩《げんか》となり、そのせいで搭乗を逃してしまったジェット機が、墜落事故を起こしたなんて実話を聞いたことがあります。そうそう、有名なタイタニック号の沈没についても、事故が起きる十四年前に、豪華客船が氷山に衝突するという、ほとんど同じシチュエーションの《フューティリティ》という題名の小説が、モーガン・ロバートソンという人によって書かれていたと聞いたことがあります。しかも、極めつけは、その沈没した船の名が、《タイタン号》だったそうです。まさか、作者が未来を予言していたと言うんですか。絶対にあり得ないでしょう。どちらも、現実にいくらでもある、不可解な偶然ですよ」

「確かに、それも一つの解釈でしょう。ともあれ、今度の一件では、私たちの前にはさらにもう一つ、巨大な壁が立ちはだかっていました」

「巨大な壁？」

思わずという感じで、小田嶋が訊《き》き返した。

香山がゆっくりとうなずく。

「いまご説明したように、当事者である殿山が、取り調べを行う前に亡くなってしまったことです。彼を逮捕した警官の目撃証言と、凶器などわずかな遺留品以外に、事件の真相の経緯を構成する、物証や目撃者がまったくない事件でした。しかも、被害者の近藤清太郎さんまでが、お亡くなりになってしまった。つまり、事件に関わった当事者たちから、じかに証言を得ることが不可能だったんです」

何かすぐに口にしようとして、小田嶋が言い淀《よど》んだような顔つきになり、やがて落ち着き払った顔つきを取り戻すと、口を開いた。

「それなら、私は何のために呼ばれたんでしょうか。先ほど申し上げましたように、私はその事件のことをまったく覚えていないんですよ。少しも役に立たないじゃないですか」

「確かにそう思われるのは、無理もないでしょう。通常なら、その時点で警察の捜査は幕引きです」

「当然でしょうね」

「ところが、小田嶋さん、今回だけは、閉じられようとしていたその幕が、思わぬところから、再び少しずつ開かれていったんです。その発端は、最初の捜査で浮上していた、実につまらない些細《ささい》な事実でした」

「つまらない些細な事実——」

「ええ。殿山が第三桜荘に引っ越したのも、千葉駅近くの精肉店に勤め始めたのも、そして、ネット・オークションで私物を売り払ったのも、すべて事件の約半年前に当たる二月だったという点です。むろん、一旦《いったん》幕引きとなった事案については、特殊な事例や重大事件を別にすれば、後追いの捜査を行うことは、ほぼ不可能と言わざるを得ません。しかし、これらの点についてだけは、どうしても、もう一歩踏み込んで確認しておきたかったんです。現実に存在している事物や身近な人間からならば、何か重大なことを引き出せる可能性が残されていましたからね」

「それで、何か分かったんですか」

かすかに興味を引かれたという口調で、小田嶋が言った。

香山がうなずく。

「結論から申し上げるなら、殿山の関係者への聞き込みで、興味深い事実が判明しました。しかも、その内容が巡り巡って、捜査員が足を棒にしてネット・オークションで売却されたものについて確認したことも、決して無駄ではなかったことを教えてくれたんです。——小田嶋さん、少々迂遠《うえん》な説明になると思いますが、次に、その経緯を聞いていただけますか」

「ええ、もちろん、かまいませんけど」

変わらぬ悠然たる態度で、小田嶋はうなずいた。

二

「ネット・オークション?」

マンションの一室で、上がり口に敷かれた赤い玄関マットの上に立っている男が、怪訝《けげん》そうに首を傾げた。

「ええ、今年の二月に、バス釣り用の釣竿《つりざお》を購入されましたでしょう」

三宅が言った。

増岡は、男の表情を凝視する。

今朝から、彼女は三宅とともに、この二月に殿山がネット・オークションで私物を売却した先を訪ね歩いていた。ネット・オークションの場合、売り手側のパソコンの履歴に、買い手の氏名や住所のデータが残るのだ。遠方に売却された分については、とりあえず、品物の状態や気付いた点について、署から電話で問い合わせることにしたものの、近場の購買者については、三宅と増岡、赤城と水沢の二組が、しらみつぶしに当たることになっていた。

このマンションは、増岡たちに割り当てられた四件のうちの三番目だった。マンションのある場所は、千葉県内の木更津《きさらづ》市中央二丁目である。高層マンションの四階の外廊下に面した玄関先で、三宅が、ある事件の捜査のために、ネット・オークションで売られた品物の確認を行っていると切り出したところだった。

「ああ、あれですか。確かに、釣竿を購入しました。——中古の釣竿ってものは、見た目以上にトラブルを抱えている場合が少なくないんですけど、ネット画面で確認した限りじゃ、かなり状態がよさそうでしたから。二、三年前に、霞ヶ浦《かすみがうら》へアメリカナマズを釣りに行ったときに、潮来《いたこ》駅のガード下にある釣具店で目にして以来、ずっと欲しくて仕方がなかったんですよ。それに何といっても、半値以下になっていましたから。あの釣竿、定価だと七万円以上もするんですよ。しかも、売り急いでいたんじゃないかな、即決の価格設定になっていたんで、オークションを見た瞬間、ダメ元で決心して、即座にポチりましたよ」

綺麗《きれい》に並んだ白い歯を見せて、男が鷹揚《おうよう》に笑った。歳は三十代前半だろう。面長の顔がほどよく日焼けしており、穏やかな顔立ちだ。赤いトレーナーに、下はジーンズ。引き締まった体をしており、いかにもスポーツマンといった雰囲気を醸し出している。玄関横の下駄箱の上に、魚種は分からないが、額装された七十センチ以上もある大きな魚拓が飾られている。

「申し訳ありませんが、その釣竿をちょっとだけ見せていただけませんか」

三宅の言葉に、男がうなずいた。

「ええ、いいですよ」

言うと、一旦奥に引っ込み、すぐに戻って来た。真っ赤な釣竿を手にしている。

「これですよ」

差し出されたその釣竿を、三宅が恐る恐る受け取り、目に近づける。

増岡も、横から覗《のぞ》き込んで見つめた。

釣竿は持ち手の部分と、短く細いもの、それに長い部分という三本を継いで使う構造になっていた。少し太くなった長い持ち手部分がコルク仕様となっていて、その一部分に指と指で挟めるような二センチほどの突起が飛び出している。竿の細い先端に向けて、等間隔で釣り糸を通すリング状の金属製の部品が取り付けられていた。横文字のメーカー名と商品名が記されているだけで、さして目を引くような点は見当たらない。

　すると、男が言った。

「それは、ベイト・ロッドというんですよ」

「ベイト・ロッド？」

　三宅が訊き返した。

「釣りをされない方は、ご存じないかもしれませんが、釣りに用いられるリール――つまり、釣り糸を巻く器具には、スピニング・リールとベイト・リールという種類があって、それぞれ取り付けるロッド、つまり釣竿の形状に違いがあるんですよ」

「はぁ、そういうものなんですか」

　訳が分からないという感じで、三宅が曖昧《あいまい》にうなずく。

　増岡も、自分にはまったく縁のない趣味だと思わずにいられなかった。

「主任は、殿山がネット・オークションで売ったものに当たれば、今回の一件についての手掛かりが出てくるかもしれないなんて言っていたけど、本当にそんなものが出てくるのかな」

額や襟首の汗をハンカチで拭《ぬぐ》いながら、三宅がぼやいた。

「刑事というものは、靴をすり減らしてなんぼだって、三宅さん自身がいつも言っているじゃありませんか」

増岡は言い返した。

二人は木更津のマンションを辞して、次の聞き込み先である鋸南町《きょなんまち》へ向かうために、木更津駅へ向かっていた。そこから内房線に乗れば、鋸南町にある保田《ほた》駅へは、一時間ほどで到着する。

それにしても、何という暑さだろう——

足元のアスファルトに、増岡と三宅の黒々とした影が落ちている。入道雲の立ち上っている青空を、彼女は恨めしい気持ちで見上げる。

すると、昨晩、携帯電話に掛かってきた母親からの電話のことを、ふと思い出した。

《美佐、元気にしているの？》

いつものように、少しだけ鼻にかかったような声で、母親の澄子《すみこ》は開口一番に娘を心配した。彼女は典型的な専業主婦なので、実家を離れて一人暮らしで、仕事にばかり没頭している娘のことをいつも心配していて、時折、思い出したように電話を掛けてくるのだ。

《大丈夫よ。毎日、バリバリと仕事に励んでいるわ。刑事ってものは、年中暇なしなんだから》
　そのとき、まだ刑事課の部屋にいたので、周囲を慮《おもんぱか》って、増岡は携帯電話を掌《てのひら》で覆い、答えたのだった。
《また、そんなことを言って。たまには、うちに顔を出しなさいよ。口には出さないけど、お父さんが淋《さび》しがっているんだから》
　増岡は、思わず言葉に詰まった。父親は平凡なサラリーマンである。中堅の印刷会社の営業部長で、小さな庭に父親が丹精した盆栽の鉢がずらりと並んだ自宅は、松戸《まつど》にある。千葉大園芸学部キャンパスのすぐ近くである。いたって寡黙な人だが、一人娘の自分のことを溺愛《できあい》していることは、はっきりと感じていた。
《――あのね、電話したのには理由があるの》
　娘の沈黙に堪《たま》りかねたように、携帯電話から澄子の声が漏れた。
《どうしたの》
　つかの間沈黙があったものの、すぐに彼女が続けた。
《あなたに、お見合いの話があるのよ。お父さんの勤め先と取引のある会社の専務さんが、お嬢さんにどうだろうかって、お父さんにわざわざ話を持ってきてくれたの。お相手の方のスナップ写真と自己紹介書も預かっているわ。私も目を通してみたけど、埼玉出身で、お歳は三十二歳。国立大学の政経学部を出た、とっても優秀な方よ。それに次男だし――どうかしら、あなたもそろそろ身を固めてもいい歳でしょう》

《ちょっと待ってよ、そっちで勝手に話を受けたりしないでほしいわ》

思わず、語気強く言い返してしまってから、彼女は後悔した。

《ええ、もちろん分かっているわよ。でも、このさい、真剣に考えておいてほしいのよ。二、三日したら、またこちらから電話するから》

そう言い残して、澄子は電話を切った。その途端に増岡が感じたのは、自分が心のどこかで、将来について中途半端に迷っているという自覚だったのである。

そこまで思い出したとき、三宅の言葉で増岡の思念が途切れた。

「しかし、殿山がネット・オークションで売り払ったものから、あの傷害致死事件の裏に隠されている真相が見つかるなんて、まったく考えられないよ。こっちが気付いていない手掛かりが、釣竿《つりざお》の針に引っ掛かっているとでもいうのか」

「どんな些細《ささい》な可能性も、絶対に見過ごすべきではないって、いつも主任がおっしゃっていますよ」

増岡の言葉に、三宅が盛大にため息を吐いた。

そのとき、木更津駅の駅舎が見えてきた。

二人は、無言のまま足を速めた。

香山は、総武本線の船橋駅で東武野田《のだ》線に乗り換えた。

やがて、鎌ヶ谷《かまがや》駅のホームに降り立った。

降車客の列にまじって改札口を抜けると、駅前の広い道路沿いに、ショッピングセンターや外食チェーンの店舗が並んでいるのが見えた。

捜査線上に浮上した人間について調べようとするとき、真っ先に目を通すものに、戸籍がある。むろん、戸籍謄本は個人情報に該当するから、第三者が自由に閲覧することは絶対に許されない。しかし、警察が用意する《捜査関係事項照会書》があれば、例外的に取得が認められるのだ。

その手続きを踏んで、殿山の戸籍を確認してみたところ、離婚した妻の氏名を含む情報を得ることができたのだった。殿山の元妻、旧姓石橋徹子《いしばしてつこ》は、鎌ヶ谷駅からバスで二十分ほどの場所に住んでいることが判明している。ちなみに、離婚する前、殿山夫妻は江東《こうとう》区の清澄《きよすみ》にあるマンションに住んでいたのだった。つまり、離婚後、殿山は西船橋へ転居し、徹子は鎌ヶ谷へ移ったことになる。

また、戸籍謄本に目を通して気が付いたことは、ほかにもあった。昨年の夏、殿山は娘を亡くしていた。娘の氏名は、《殿山知佳《ちか》》、享年は七歳だった。戸籍謄本には、家族の《出生》と《婚姻》のほかに、《死亡》についても記載される。その際の項目として、《死亡日》《死亡時分》《届出日》《届出人》が列記されるのだ。殿山知佳についての記述は、死亡日が八月二十八日、死亡時分が午前十一時三十分、届出日が八月二十九日、そして、届出人が殿山和雄となっていた。

香山は駅前にあるバス停から、目的地近くのバス停を経由する市バスに乗り込んだ。そして、右側の窓際の狭い座席に腰を下ろす。やがて、運転手のくぐもった車内アナウンスが響き、バスがゆっくりと発進した。

香山は車窓から、夏の日差しに焼かれた鎌ヶ谷の住宅街を眺めやる。

道路沿いに建ち並んでいる家々や緑樹の垣根は、一見、ほかの土地の郊外と少しの変わりもない。しかし、よく見れば、そこはかとない田舎の匂いというものが漂っている。派手なところのない静けさと、時間がゆっくりと流れてゆくような落ち着いた風情が感じられるのだ。こういう千葉郊外の街並みを、彼は愛している。

そんな景色に、ぼんやりと目を向けているうちに、いつのまにか、心の視座が切り替わっていた。

狭い路地に横たわった近藤清太郎の遺体が、脳裏に浮かび上がってきたのである。

そこに重なるように、殿山和雄の顔も見えた。

船橋署に連行される直前に、西船橋駅のそばで一瞬だけ目にした、三宅に腰縄を打たれて、頰に擦《こす》れたような血の汚れを付けた、おどおどとした顔つきだった。

血の付いた凶器の骨スキ包丁も、脳裏に甦《よみがえ》って来る。
刃の厚い頑丈な造りで、食肉の骨に当たっても刃毀《はこぼ》れしないという。
不謹慎な言い方かもしれないが、人を刺すのに打ってつけの得物だ。
耳元に、昨晩の捜査会議の後で、増岡と交わしたやり取りが聞こえてくる。
《主任、殿山を護送中に、三宅さんが妙なことに気が付いたんです》
《妙なこと？》
《三宅さんがいくら質問しても、あの男は何も応《こた》えませんでしたし、身動き一つしなかったんです。ところが、一瞬だけ、その口元が笑ったように見えた、と三宅さんが話してくれたんですよ》
殿山の一件についてのダメ押しの捜査の許可を、米良を口説き落として香山が取り付けたのは、こうした数々の記憶が語りかけてくる内なる声につき動かされたからだった。殿山が亡くなった後、《何かが、変だぞ》という囁《ささや》きが、耳の奥に執拗《しつよう》に纏《まと》わりついて離れなかったのである。
他人に話せば、単なる思い過ごしに過ぎない、と失笑すら買うかもしれない。
しかし、警察の捜査というものは、確実な物証や証言、そして浮き彫りにされた動機から導き出された、ほかに選択の余地のない根拠によって、犯人の言動の一つ一つが漏れなく裏付けられてこそ、初めて筋の通ったものとなるのだ。

香山は、固くそう信じていた。

とすれば、やはり、何かを隠したまま、殿山は逝《い》ってしまったとしか考えられない。

それは、いったい何だろう。

車窓を流れゆく街並みに目を向けたまま、香山はじっと考え続けた。

三

増岡が、三宅とともに保田駅のホームに降り立ったのは、午前十二時過ぎだった。

厳しい日差しに焼かれた保田駅のホームを、三十人ほどの中年の男女がぞろぞろと歩いている。カラフルなタンクトップや、Tシャツなどの軽装の人々ばかりで、釣りや海水浴に繰り出してきたのだろう。半袖《はんそで》の白いワイシャツにネクタイ、スーツのズボンという恰好《かっこう》は、三宅だけだった。増岡たちに割り当てられた最後の聞き込み先は、駅から三百メートルのところにある一軒の民家だ。

二人は改札を抜けて、駅舎から出る。

目の前は、タクシーが客待ちをしたり、車を乗りつけたりすることのできる小さな広場になっており、斜め左手に、食事処の小さな店があった。

「えーと、対象者は大学生で、氏名は菅谷《すがや》信二《しんじ》か」

煙草の箱を破ったメモ用紙に目を落としながら、三宅がうんざりしたような口ぶりで言った。

県道二三八号線に沿って、二人は南へ足を向けた。

増岡の目の前のアスファルトに、陽炎《かげろう》が立ち上っていた。

電信柱にとまったアブラゼミの盛大な鳴き声が、耳を聾《ろう》する。

増岡と三宅の脇を、青白い排気ガスを残して、乗用車がスピードを落とさずに走り抜けてゆく。

聞き込みを掛ける相手や、確認する対象物については、メモを見ずとも、彼女は空で暗記していた。それどころか、赤城と水沢が確認することになっている物品まで記憶している。これまで、増岡たちが聞き込みを掛けた三件は、一括で売り払ったルアー類が二件、そして、釣竿が一件だった。そして、最後に当たる対象物はリール、つまり釣り糸を巻く器具だった。どうやら、三宅がさっきぼやいたように、結局、ここも無駄足になる公算が大きいと思わずにはいられない。

それでも、思わず溜息《ためいき》を吐きそうになるのを、増岡はすんでのところでじっと堪《こら》えた。そして、かつて警察官を志したときのことを、改めて思い起こす。

彼女は県内の私立大学の文学部出身で、近世文学について学び、卒論のテーマは曲《きょく》亭馬琴《ていばきん》の『南総里見八犬伝《なんそうさとみはっけんでん》』だった。だから、大学に進学した当初、自分が警察官になるとは、まったく予想もしていなかった。

ところが、三年生の時に大学の就職課に置かれていたパンフレット・ラックに収められた一冊のパンフレットに、たまたま目を留めたのだった。パンフレットの表紙には、《挑戦　夢に、自分に、可能性に》と太文字が記されており、その下に赤いゴチック書体で《千葉県警察官募集》と横書きされていた。

何気なくそれを手にして、目を通した彼女は、警察に生活安全課という部署があって、警察官が児童虐待や虐《いじ》めなどの問題にまで取り組んでいることを知ったとき、小学六年生の時の辛《つら》い経験を思い出したのである。

貧しい身なりの同級生の女の子をからかい、ひどい虐めの標的にしていたクラスメートたちを見かねて、増岡は思わず注意したのだった。すると、翌日から、虐めの標的が彼女に変わったのである。しかも、虐めが長引くにつれて、はじめは心配そうにしてくれていたほかのクラスメートたちまでが、冷たく彼女を無視するようになったのだ。

そのとき、彼女は子供心に痛烈に感じたものだった。どれほど優しそうで、頭のいい人たちの心にも、醜い《悪意》というものが巣くっているのだ、と。そして、自分だけは、そんな卑しい《悪意》に決して呑《の》み込まれまい、と固く誓ったのである。

だからこそ、卒論を書くために繰り返し読んでいた『南総里見八犬伝』の一節が、いつしか、増岡の胸の裡《うち》に特別な意味を持って刻み込まれていたのだった。

《流水は高きにつかず、良民は逆に従わず、もしそれ桀《けつ》を助けて尭《ぎょう》を討たば、なお水にして高きにつくがごとし――》

《桀》とは、夏《か》という中国古代国家の最後の皇帝で、徳で国を治めるのではなく、武力で諸侯や民衆を抑圧したという。そして、美女に溺《おぼ》れ、酒の池に舟を浮かべ、山のような肉の宴《うたげ》を催し、政治をまったく顧みず、やがて反旗を翻した諸侯たちによって滅ぼされたのだった。それに対して、《尭》とは、中国神話に登場する聖人と崇《あが》められた君主であり、《その仁は天のごとく、その知は神のごとく》と『史記』において最大級の賛辞で描かれた人物にほかならない。

つまり、この馬琴の一文を現代風に言い改めるなら、《水というものは、決して高い方へ流れることはないし、心正しき人が道理に反することを行うことも絶対にない。もしも、悪逆非道である桀に服従し、聖人君主である尭を攻め滅ぼすようなことがあったとすれば、それはあたかも水が高い方へ流れるように、人として必ず守らなければならない道理に背くことにほかならない》となり、いかなる悪や邪も退けて、どこまでも正義と仁愛を貫き通すことこそが、人としての真の生き方である、と説いた箴《しん》言《げん》なのだ。

警察官の仕事を続けていて、心が折れそうになったとき、増岡は子供時代の辛い記憶とともに、この言葉を胸の裡でつぶやく。警察官として、自分には、まだまだ為《な》すべきことがあるのだ、と。昨晩、母親がお見合いの話を持ち込んできたとき、内心で迷惑だという思いを抑えられなかったのは、そのせいだった。

「おい、たぶん、あの家だぞ」

三宅の言葉で、増岡は我に返り、顔を上げた。

県道と国道一二七号線、別名《内房なぎさライン》の交差点沿いに、昔風の木造の二階家が見えた。道路沿いに濃い緑の櫟《いちい》の垣根と御影石《みかげいし》の門があり、奥に渋い茶色の格子戸の玄関が見えている。

「さてと、とっとと聞き込みを済ませて、そこらの喫茶店でキンキンに冷えたアイス・コーヒーを飲もうぜ。いや、そろそろ腹が減ってきたから、大盛りのカレーライスでも食うとしようか。それに、そろそろニコチンの補給もしたいしな」

そう言うと、三宅が面倒くさそうに顎《あご》をしゃくって、門に足を踏み入れた。

増岡も、その後に続いた。

格子戸の玄関横の白い漆喰《しっくい》壁に、昔風の呼び鈴のボタンがあった。

三宅が顔を彼女に向ける。

おまえがやれ、という目顔だ。

増岡はそのボタンを押した。

一拍間があって、格子戸越しに女性の声が返って来た。

「どちら様ですか」

増岡は言った。

「突然お訪ねして申し訳ありません。警察の者です。こちらに菅谷信二さんという方がいらっしゃると思うんですが、ちょっとだけお話を伺えるでしょうか」

すると、すぐに錠を外す音がして、格子戸がガラガラと音を立てて開いた。

顔を出したのは、眼鏡を掛けた中年女性だった。四十前後くらいだろう。水色のTシャツに、紺色のスカートというなりで、素足だった。どうやら、この家の主婦のようだ。

二人が身分を告げると、怪訝《けげん》な顔つきで、彼女が言った。

「信二は、いま家にはいませんけど」

「どちらへ行かれたんでしょうか」

「すぐそこの河口へ行っていますよ」

南の方を指差して言った。

「河口――」

大学生の夏休みは、まだ半月ほど続くのだろう。

「釣りですよ。暇さえあれば、竿《さお》を持って釣りに行ってしまうんですよ。ちっぽけなマメアジとか、煮付けにしても食べるところのない小さなカサゴなんかが釣れるだけで、釣りのいったいどこが面白いんだか。――でも、もう正午過ぎだから、お腹を空《す》かして、じきに帰ってくるんじゃないかしら」

そう言った途端に、二人の背後から声が掛かった。

「どうしたんだよ」

増岡と三宅が振り返る。

門のところに、釣竿を肩に担いだ若者が立っていた。もう一方の手に、青いビニール製の水汲《みずく》みバケツを下げている。釣果のマメアジでも入っているのだろうか。麦わら帽子を被《かぶ》っており、オレンジ色のタンクトップに、下はベージュのバミューダパンツ、足元は赤いゴム草履だった。全身が、真っ黒に日焼けしている。顔の黒さのせいで、笑みを浮かべた歯の白さが目立つ。

「菅谷信二さん？」

三宅が声を掛けた。

「そうだけど。あんたたちは？」

「船橋署の三宅です」

言いながら、三宅が身分証明書を示した。

「同じく、増岡です」

増岡もそれに倣う。

途端に、信二が真顔になった。

「どうか、ご心配なく。警察が関心を持っているのは、あなたのことではなく、別のことですから」

機先を制して、増岡は言った。

「別のこと？」

「この二月に、ネット・オークションに参加したよね」

三宅のぞんざいな問いに、つかの間、信二は考え込む顔つきになったものの、ああ、という表情になり言った。

「確かに参加しましたよ。けど、やばいものなんて、何も買っていませんけど」

「ああ、それもちゃんと分かっている。釣りのリールを購入したんだよな。申し訳ないが、そいつをちょっと見せてもらえんかね」

三宅に言われて、信二が玄関先の母親に顔を向けた。

増岡が振り向くと、母親がうなずいている。

「いいですよ、ちょっと待っていてください」

信二は言うと、三宅と増岡の間を通り抜けて玄関へ入り、釣竿と水汲みバケツを置くと、外の明るさのせいで薄暗く感じられる廊下の奥へ姿を消した。やがて、廊下を素足で歩く音がして、信二が戻ってきた。手にした銀色に輝くリールを差し出す。

三宅が無言のまま、それを受け取った。


「ようやく人心地付いたぜ」

セブンスターをくゆらしながら、三宅がため息交じりに言った。彼の前のテーブルに、空になった大盛り用のカレー皿が置かれている。

向かいの席に座っている増岡も、レギュラーサイズのカレーを食べ終えて、無言のままテーブルに備え付けの紙ナプキンで口元を拭《ぬぐ》う。

二人は、保田駅前の食事処で、遅めの昼食にありついたところだった。店内には、ほかに客はおらず、冷房が効いており、十四インチのテレビからニュース番組の音声が流れている。だが、二人の間には、重苦しい空気が漂っていた。殿山がこの二月にネット・オークションで売却した品物についての聞き込みは、予想通り無駄足に終わってしまったからである。

むろん、刑事の捜査に無駄足が付きものということは、彼女にも嫌というほど分かっている。それでも、徒労感は拭い難い。ことに、酷暑の夏や厳寒の冬は、その感がいっそう強く感じられるものなのだ。

「まっ、聞き込みの対象を四つ消すことができただけでも、良しとしなくちゃな——

―」

同じことを考えていたのか、三宅が気を取り直すように言い、煙草を喫《す》うと、言葉を続けた。

「――赤城と水沢も、きっといまごろ腹ごしらえしているだろうな。あいつら、フレンチとかイタリアンが好きだから、その手の店で乙に澄まして、ナイフとフォークを動かしているかもしれんぞ」

「いいえ、私たちとまったく同じように、渋い顔つきで大衆食堂で食事していますよ」

嘆息をこらえて、増岡は言い返した。

今朝の打ち合わせの折、二つの班に配られた一覧表が、彼女の脳裏に甦《よみがえ》る。殿山がネット・オークションで売却したものが列挙されていて、各品物の横に、担当する班のマークが付けられていた。赤城と水沢たちは、東金《とうがね》市と山武《さんむ》市、それに匝瑳《そうさ》市などの五人の購入者を訪ねることになっていたものの、確認する品物は、増岡と三宅に割り当てられたものとほとんど同様の品物ばかりだったのである。

《こっちが気付いていない手掛かりが、釣竿の針に引っ掛かっているとでもいうのか――》

三宅のぼやきを思い出しながら、コーヒーのカップを口元に持って行ったとき、小魚が水中をスルリと泳ぎ抜けるように、脳裏を素早く何かが掠《かす》めた。彼女は、思わず手を止める。

「おい、どうしたんだよ」

三宅の声で、増岡はハッと我に返った。

「三宅さん、いま思いついたんですけど、殿山が二月にネット・オークションで売り払ったものって、釣りに関連するものばかりじゃないですか」

「釣りに飽きちゃって、すべて売り払ったんだろう」

煙を吐き出しながら、三宅が言う。

「でも、ちょっと待ってください。赤城さんと水沢さんが確認することになっていた物品も、釣竿やルアー、それにリールだし、県外に売られた品で、とりあえず署から電話で確認することになっているのも、クーラー・ボックスとか釣りネットでしょう。——だとしたら、何だか妙だと思いませんか」

「藪《やぶ》から棒に、何を言い出すんだよ」

「昨日、係長や立川さんが、殿山の自宅アパートを家宅捜索して、今朝、その押収物品のリストが配布されたじゃないですか」

「ああ、確かにそうだけど、それがどうかしたのか。押収品についちゃ、これから詳細な分析が始まるはずだぜ」

「あのリストの中に、釣り関連のものが一点だけ含まれていたことを覚えていませんか」

「釣り関連のもの？」

増岡はうなずき、その内容を口にする。

その言葉に、三宅の顔つきが変わった。

四

「えっ、あの人が――」

口元に掌《てのひら》を当てて、石橋徹子が絶句した。信じられないというように、目を大きく見開いている。

彼女の家は、鎌ケ谷の北東の住宅街にあった。トタン屋根で、玄関横に八つ手の大木があり、古い木製の表札の掛かった平屋だった。どうやら、彼女の実家のようだ。

その玄関先で、香山は玄関の上がり口に座した徹子と対面している。八月二十八日に西船橋駅前で起きた傷害致死事件の経緯と、その加害者である殿山和雄が現行犯逮捕されたこと、そして、護送中のパトカー内で、心筋梗塞《こうそく》の発作を起こして急死したことを告げたところだった。

「ご存じなかったんですね」

香山の言葉に、彼女は声もなくうなずく。顔にサッと赤みがさし、ふいに目が潤み、その目を固く瞑《つぶ》ると、両頰を涙が伝った。夫だった殿山と同様に、小柄な女性だ。丸顔で、穏やかそうな目鼻立ちをしている。

警察による家宅捜索の終了後、独り暮らしだった殿山の自宅アパートについては、民生委員と大家の立会いの下で、改めて室内が調べられて、とりあえず親戚《しんせき》や知り合いなどの関係者への連絡が行われたはずなのだ。葬儀のこともあるし、家財や遺品の処理もしなければならないからである。だが、離婚した元の妻に、元夫の殿山が亡くなったことを知らせてくれる、親戚や知り合いもいなかったのだろう。

「ご心痛のほど、お察しいたします」

言うと、香山は白いハンカチをそっと差し出した。

「何ていう、淋《さび》しい死に方なのかしら――」

涙声でつぶやき、徹子はハンカチを目に押し当てる。

玄関に、沈黙が落ちた。

表の八つ手に留まったセミの鳴き声が、香山の耳にずっと聞こえていた。

徹子が少しだけ落ち着きを取り戻したのは、三十分ほども経ってからだった。

「あの人、苦しんだんですか」

彼女は、ぽつりと口にしたものの、再び涙を流して、言葉の終わりを吞《の》み込んでしまった。

「いいえ、それほどは苦しまずに、逝《い》かれたと聞いていますーー」

香山は、敢《あ》えてそう言い、言葉を続けた。

「ーーこんなお辛《つら》いときに、ひどく不躾《ぶしつけ》な質問をする非礼を、どうかお許しください。でもね、石橋さん、警察としては、どうしても、今回の事件の真相を解明したいんです」

「事件の真相ってーー」

かすかに驚いたように、徹子はハンカチを握り締めたまま、充血した目を向けてきた。

「ええ、一見したところ、単純な傷害致死のように思われた事件でしたが、その後の調べで、そうした見方では、とうてい納得しがたい不審点や疑問点が浮上してきたんですよ」

「それは、どんなことでしょうか」

「たとえば、被害者は、殿山さんが仕事場で使っていた特殊な包丁で刺されました。しかし、殿山さんはそれまで一度として、仕事場の包丁を持ち帰ったことはなかったんだそうです。しかも、普通の包丁と違って、自宅にある砥石《といし》で研ぐ種類のものでもありませんでした。帰宅を急いでいた人間が、ひょんなきっかけから喧嘩《けんか》となり、たまたま持っていた仕事場の特殊な包丁で相手を刺すというのは、あまりにも都合の良すぎる成り行きだったと思われませんか。――つまり、殿山さんは、何か重要なことを口にしないまま、亡くなられた可能性があると考えられるんです」

「…………」

徹子は香山の言葉に引き寄せられるように、じっと聞き入っている。

「どうでしょうか、捜査に協力していただけないでしょうか」

「ええ、私にできることでしたら……。ただ、最近は離れて暮らしていたのでどこまでお役に立てるか分かりませんが……」

「ありがとうございます。まず、質問したいのは、殿山さんがお酒を召し上がったかどうかという点なのですが。いかがでしょうか」

「お酒ですか」

「ええ、逮捕されたとき、殿山さんはお酒の匂いがしました。お亡くなりになった後で行われた解剖の結果でも、血液中からアルコールが検出されたんです。そして、事件当日、仕事を早引けした殿山さんは勤め先の近くの炉端焼き店で、かなりの量のお酒を飲んでいたことも、捜査によって判明しています。つまり、事件が起きたとき、殿山さんは酩酊《めいてい》状態にあったものと考えられます」

「確かに、あの人はお酒が好きで、毎日の晩酌を欠かしませんでした。でも、以前に発作を起こしたことで、お医者さんから厳しく止められて、それから一切飲まなくなっていました」

つかの間、香山は言葉に詰まる。ほんのかすかな点でしかなかった疑念が、にわかに大きくなってゆくのを感じたのである。酒を断っていた男が、勤め先を初めて早引けして、さらに、傷害事件を起こす直前に、三杯ものハイボールを一気飲みしたのだ。いったい何のために、そんなことをしたのだろう――

彼は努めて表情を変えずに、言った。

「その発作とは、もしかして、心筋梗塞ですか」

「ええ、暴飲暴食が原因となって、悪玉コレステロールで血管が詰まってしまうんだそうです。だから、今後はお酒を一切控えるようにと、お医者さんから厳重に注意を受けたんです」

「そうですか。それから、立ち入ったことをお訊《き》きしますが、離婚されたのは、いつ頃のことでしょうか」

「半年ほど前でした」

一転して、恥じ入るように、徹子は視線を逸《そ》らして言った。

「原因は、何だったのでしょう」

その言葉に、彼女が大きなため息を吐き、口を開いた。

「娘が溺死《できし》したからなんです」

つかの間、香山には返す言葉がなかった。戸籍謄本に目を通したとき、殿山の娘が一年前の八月二十八日に亡くなったことに気が付き、かなり気になっていたのだが、具体的な事情を耳にして、胸を突かれる思いだった。幼い娘の死は、どのような原因であっても、親にとって筆舌に尽くしがたい悲しみだったことだろう。

「それは、どのような状況で起きたことだったのでしょう」

言葉遣いや、口調に慎重に気を配りながら、香山は訊いた。

「夫が娘を連れて、釣りに行ったんです」

「釣り――」

香山の中で、さらに疑念が膨らんでゆく。二月に入って、第三桜荘に引っ越してから、殿山はネット・オークションでかなりの私物を売り払っている。それらは釣竿《つりざお》やリール、それにルアーなど、いずれも釣りに関係するものばかりだったことに、改めて思い至ったのである。

徹子が言った。

「ええ、知り合いから借りた車で、君津市にある亀山ダムという湖へ、ブラックバスを釣りに出掛けたんです。以前の仕事場の若い知り合いから誘われて、釣りを経験してからというもの、その趣味にすっかり嵌《はま》ってしまい、道具を揃えたり、インターネットの動画を見て、釣り方を熱心に研究したりしていました。ともかく、そのとき、娘の知佳を連れて行ったんです」

「娘さんは、おいくつだったんですか」

「七つでした」

　香山は、自分の娘が七歳の頃の姿を思い浮かべずにはいられなかった。それでも、躊躇《ためら》っている場合ではないと思い直して、言葉を続けた。

「しかし、七つと言えば、まだ小学校一、二年生でしょう。バス釣りは、とても無理ではありませんか」

「ええ、やめてくださいって、私も止めたんですよ。でも、あの人は聞く耳を持ちませんでした。知佳のことを、片時も傍から離したくなかったんでしょう。それくらい、娘を溺愛《できあい》していました。無理もないかもしれません、四十を過ぎて、すっかり諦《あきら》めていたときに、まったく思いがけず授かった子供でしたから」

　言うと、徹子は深いため息を吐いた。

「溺死だったとおっしゃいましたね。嫌なことを思い出させてしまうことになりますけど、それは具体的には、どのような状況だったんですか」

「正午少し前に、夫がトイレへ行っている間に、あの子が湖に嵌ってしまったんです。その湖浮いていたのは、浅瀬に建てられた小さな鳥居の近くだったと聞いています。その湖岸に、亀山水天宮というのが祀《まつ》られているんだそうです。――あの人は、お腹が弱い体質なんですよ。後で聞いたところでは、そのときも、急な腹痛で、たまらずにトイレに駆け込んだそうです」

詳しい事情を聞いて、香山はさらに胸が締めつけられる思いだった。自分の趣味がもとで、さらには自分の不注意のせいで最愛の娘を亡くしてしまった殿山の後悔や哀しみは計り知れない。釣り関連のものをすべて処分しようとした殿山の気持ちが分かるような気がした。

「しかし、七つのお嬢さんを一人で水際に残しておくというのは、いくら何でも不用心だったのではありませんか」

「ええ、私もそう言って、夫を責めました。すると、近くで釣りをしていた男の子がいたので、夫はその中学生らしきお兄さんに、娘を見ていてもらえないかと頼んだというんです。その子が快く引き受けてくれたので、安心してトイレに行ったと話していました。ところが、刑事さん、そのとき溺《おぼ》れたのは、知佳だけではなく、その中学生の男の子も一緒に亡くなったんですよ――」

もう一人の子供の死まで知って、香山はしばし返す言葉もなかった。

五

香山が、石橋徹子の家を辞したのは午後三時過ぎだった。

かれこれ三時間近くも、話し込んでいたことになる。

厳しい日差しに焼かれたまま、バス停へ足を向けたものの、驚きに満ちた事実の断片が、まったく未整理のままに、頭の中に散らばっているような気分で、暑さすら感じなかった。

そのとき、ジャケットの内ポケットのスマホが鳴った。

素早く取り出すと、着信画面に《米良》の文字が映っていた。

応答に切り替えて、耳に当てる。

「はい、香山です」

《米良だ。そっちの聞き込みは、どんな塩梅《あんばい》だ》

「少しですが、事件前の殿山の動きの背景が見えてきた気がします」

《事件前の殿山の動きの背景？》

「ええ。戸籍謄本によって、一年前の八月二十八日に、彼が幼い娘に死なれていることは判明していましたが、その具体的な状況が明らかになりました」

《どんな状況だったんだ》

「君津市の亀山ダムへブラックバス釣りに行き、ほんの少し目を離したすきに、連れて行った娘が水に嵌ったんだそうです。それが原因で、殿山は人変わりしたとのことです」

《人変わりとは、いったいどんな風になったというんだ》

「娘が亡くなった当初は、泣き暮らしていたとのことです。その頃、自棄酒《やけざけ》を浴びるほど飲んで、心筋梗塞《こうそく》の発作を起こして、病院へ緊急搬送されました。幸いなことに、一命を取り留めて、発作も軽いものだったので、回復した後は、普通に暮らせるようになりました。しかし、それ以降、家庭ではほとんど喋《しゃべ》らなくなり、表情もなくなってしまったんだとか――」

説明しながら、香山は、徹子が口にしていた言葉を思い浮かべた。

《知佳が生まれた時のあの人の喜びようといったら、言葉にできないほどでした。私と結婚した頃、あの人はよく言っていました。自分は人との縁《えにし》の薄い人間だから、いつも淋《さび》しいんだって。だから、血を分けた娘ができて、譬《たと》えようもないほど幸せだったんでしょうね。そして、物心がついて、知佳がよく喋るようになると、一層目を細めていました。あの子の笑い顔と可愛い声が、あの人の宝物でしたから。――そうそう、こんなことも言っていましたっけ。この子は、俺の命そのものだって》

石橋家を辞す前に、別室に置かれていた仏壇の位牌《いはい》に、香山は線香を手向けて、手を合わせることを許してもらったのである。そのとき、位牌の横に置かれた写真立ての中で、あどけない殿山知佳が満面の笑みを浮かべていた。それを思い出しながら、香山は言葉を続けた。

「――ともかく、そんな状態がずっと続いたとのことです。ところが、娘の死から約半年後、殿山は勤めていた銀座の精肉店をいきなり辞めてしまい、徹子さんに離婚してくれと切り出したんです」

《それは本当か》

スマホから、驚きに満ちた声が響いた。

香山の耳に、またしても徹子の言葉が甦《よみがえ》って来る。

《だから、知佳があんなことになってしまって、あの人はこれ以上もなく落胆していましたし、自分をひどく責め続けていました。ずっとそんな状況でしたから、二月に入ってすぐに離婚を切り出されたとき、私自身も精根尽き果てて、どうしようもない気持ちになっていたので、つい離婚届に捺印《なついん》してしまったんです。そして、あの人は身の回りの物以外、ほとんどを残して家を出て行きました》

香山は言った。

「係長が感じていらっしゃるように、まったく奇妙な一致だと、私も思わざるを得ませんでした。前職を辞めて、妻と離婚し、第三桜荘に引っ越しして、千葉駅近くの精肉店に就職を決め、同時に、因縁のある釣り関連のものをネット・オークションで一つ残らず売り払っている。これらが、すべて半年前という一点に集中しているんです。まるで、何らかの目的のために、身辺を綺麗《きれい》さっぱり整理した、と見ることができるのではないでしょうか。さらに穿《うが》った見方をすれば、千葉駅近くの精肉店に就職したのも、西船橋にアパートを借りたのも、殿山が起こした傷害致死事件が、偶然に生じた出来事という体裁を整えるためだった、と考えられないこともありません。しかもですよ、係長、殿山の娘が溺死《できし》したのは、昨年の八月の二十八日じゃないですか」

スマホから、米良の沈黙が流れた。

間違いなく、香山と、まったく同じ思考の筋道を辿《たど》っているのだろう。殿山の戸籍謄本を目にしたとき、捜査員の誰もが、おやっ、と思ったことは疑いの余地がない。殿山が事件を起こしたのは、この前の八月二十八日だった。そして、殿山知佳が亡くなったのは、一年前のやはり八月二十八日。もしかしたら、単なる偶然の一致ではなく、今回の事件に何か関わっている符合なのかもしれない、と思いついても不思議はないのだ。しかし、殿山と近藤清太郎の間に何の繋《つな》がりも見出《みいだ》せないという状況下では、おそらく誰もが、その読みは勘繰りすぎだ、という結論に達せざるを得なかったことだろう。

だが、転職、転居、そして何よりも、娘の死に関係している因縁の釣り関連の道具類の売却が、この二月に集中しているという状況を踏まえてみれば、今回の不可解な傷害致死事件が、ほかでもない娘の命日に起きたという事実は、偶然の一致とはとうてい考え難いのではないか。間違いなく、米良も、いまそう考えていることだろう。

香山は言葉を続けた。

「その事実に気付いたとき、私は全身に鳥肌が立ちました。確か、昨晩の捜査会議で、立川が報告していましたよね。殿山の部屋の家宅捜索で、デスクに置かれていた卓上カレンダーの八月二十八日の数字にだけ、赤い丸が書きこまれていたと。係長、これでも偶然の一致だと思われますか」

《香山、ちょっと待ってくれ。ついいましがた電話で連絡が入ったところだが、三宅たちの指摘で、驚くべき事実が判明したぞ》

「驚くべき事実?」

《そうだ。だから、殿山の別れた女房の証言にショックを受けたのは、おまえさんより、むしろ俺の方かもしれん。なぜなら、三宅たちが連絡してきた指摘は、そっちで明らかになった点と、まさにぴったりと合致するからだ》

「三宅たちの指摘――」

《ああ。おまえさんの指摘したように、殿山は、自分が所持していた釣り関連の物品を、一つ残らずネット・オークションで売り払っている。三宅と増岡、赤城と水沢が、近場で確認可能なものについては、わざわざ足を運んでいるし、遠方に売却したものについては、電話での確認が行われている。もちろん、売らずに捨てたものもあるだろう。ところが、その殿山が唯一、ネット・オークションにもかけず、処分もしていなかったものがあることを、三宅たちが思い出して、ついさっき連絡してきたんだ》
「それは、いったい何ですか」
《一冊の釣り雑誌のバックナンバーだ。俺と立川が家宅捜索して、殿山の今回の動きに繋がりそうなものは残らず押収してきて、これから本格的な分析に入ることになっていたやつさ。だが、三宅たちの連絡を受けて、いまさっき慌てて押収品を収めた段ボール箱を漁《あさ》って、その雑誌を見つけて内容を隅から隅まで確認したところだ。雑誌は今年の二月号だったが、読者投稿欄に、昨年の釣行特集というのがあって、様々な写真が掲載されていた。その中の一枚に、昨年の八月二十八日に巨大なブラックバスを釣り上げた人物が、はっきりと写っていたんだよ》
「誰ですか」
《聞いて驚くな、近藤清太郎さんだ。船外機の設置されたボートに乗って、釣り上げた魚を持ち上げている写真だ。しかも、掲載写真に添えられた文章では、近藤清太郎という個人名の記述はないものの、釣り上げたポイントは亀山ダムの浅瀬に建てられ

た小さな鳥居の近くで、時刻は午前十一時半頃となっていた》

香山は、再び絶句した。殿山と近藤清太郎の間には、これまで何一つとして結びつきというものが見出せなかった。ところが、ここへ来て、両者の明確な接点が明らかになったのである。

昨年の八月二十八日、殿山と近藤清太郎は、まったく同じ時間帯に亀山ダムの、それもすぐ近くにいた。

殿山は、そこで最愛の娘を失っている。

その時近くにいたはずの近藤清太郎を、彼は刺した。

あたかも、娘の命日に合わせたかのように。

ならば、あの一件は、復讐《ふくしゅう》だったのか――

《ともかく、これまで集めた情報を整理する必要がある。それに、殿山の娘が溺死した件についても、所轄署に問い合わせて詳細を調べることも必須《ひっす》だぞ》

「それなら、本件の捜査を続行してもいいんですね」

《ここまで新たな材料が判明したからには、このまま放り出すわけにはいかんだろう。すぐにも刑事課長に進言して、正式に継続捜査の許可を取り付ける。香山、すぐに戻って来い》

「係長、その前にもう一か所、どうしても立ち寄りたいところがあります」

《どこだ》
「殿山が以前に勤めていた、銀座にある老舗《しにせ》の精肉店です。殿山が前職を辞めたときの状況も、調べる必要があると思います。それに、彼に釣りを勧めた同僚がいたとのことですから、殿山の人となりを、別の観点からも探っておくべきでしょう」
《なるほど。いい目の付け所だ、許可しよう》
「了解しました」
通話を切ると、香山はバス停への足を速めた。

香山が地下鉄の駅構内から階段を上って外に出ると、空一面が茜色《あかねいろ》に染まっていた。彼の大好きなものの一つに、夕焼け空がある。
酒乱気味だった父親が、酔って母親に手を上げると、子供だった香山は身を挺《てい》して、母を庇《かば》ったものだった。すると、激昂《げっこう》した父親は、彼を激しく折檻《せっかん》した。心身ともに傷ついた彼を慰めてくれたのが、一人で見上げた鮮やかな夕焼けだった。そして、心に沁《し》みるほど美しく朱に染まった空を見上げているうちに、彼はいつしか警察官を志すようになっていたのである。同時に、喜怒哀楽を滅多に表に出さない性格も形作られて、高校時代の級友たちからは、《埴輪《はにわ》の兵士》という綽名《あだな》まで奉られたものだった。

中央通りを黒塗りの高級車がひっきりなしに通り過ぎ、広い歩道は優雅に着飾った人々で溢《あふ》れている。

外国人の姿も、やたらと目に付く。

銀座に来るのは、久しぶりだ。

そんな特別な感慨を覚えさせられるのは、この街ならではの特別な魅力のせいかもしれない。この前来たのは、一人娘の初美《はつみ》が結婚する直前、銀座四丁目にあるジュエリー店で、お祝いに真珠のネックレスをプレゼントしたときだったから、ほぼ半年ぶりということになる。

広々とした中央通りの両側沿いに、日本を代表する商業ビルが立ち並んでいる。銀座界隈《かいわい》では、通りの北側沿いに、古い伝統のある老舗が多く見られる。それは、江戸時代の名残とされる。南側だと、日射で商品が傷むことから、その昔、北側にそうした一流店が敢《あ》えて軒を連ねたという。

殿山が勤めていたという老舗の精肉店は、銀座一丁目にある。石橋徹子と別れ際に、殿山に釣りを教えたという元同僚が、平野《ひらの》春雄《はるお》という名前であることも聞き出してあった。

三宅と増岡が《精肉店タカハシ》の女性従業員である五木美千代から聞き出した証言の中に、《前に勤めていた仕事場で、親しくしていた若い男の同僚がいたと話していました》という言葉が含まれていたという。

その同僚がたぶん、平野ではないだろうか。

暮れなずむ歩道を、香山は北へ向けて歩き出した。


「殿山さんが、人を刺した――」

平野春雄が絶句した。

「ええ、八月二十八日のことです。被害者はその直後に息を引き取りました。しかも、殿山さん自身も、その晩に心筋梗塞《こうそく》で亡くなられてしまったんです」

相手を見つめたまま、香山は努めて口調を抑えながら言った。二人は、松阪牛の専門店である《まるふく》の応接室で対座していた。

《まるふく》は、松阪牛で有名な三重県津《つ》市が本店で、銀座店は銀座一丁目の中央通りの北側にあり、すぐ近くに有名なイタリアン・レストランがある。ショーウィンドウの見える堂々たる店舗横の通用口で、香山が訪《おとな》いを告げ、応対に出て来た女性社員に警察手帳の身分証明書を示し、西船橋駅近くの路地で発生した傷害致死事件について捜査していると説明した。そして、「平野春雄さんから、お話をお聞きしたいんですが」と付け加えると、すぐにここへ通されたのだ。そして、五分ほど待っていると、平野が現れたので、事件の概要を説明したところだった。

「まったく信じられません」

しばし黙り込んでいたものの、平野がふいに言い、かすかに洟《はな》を啜《すす》った。

清潔そうな半袖《はんそで》の白い上下の割烹着《かっぽうぎ》に、応接室の蛍光灯の青白い光が注いでいる。高級な食品を扱う仕事だけに、髪を短く刈り込んでおり、丸顔の大人しそうな顔立ちで、爪を短くした手指は、さながら女性のような繊細な印象を受けた。年齢は、三十過ぎぐらいだろう。

「実は、その一件についての捜査を続けていたところ、当初見立てられたような単純な傷害致死事件とは考え難い不審点が浮上しましてね——」

そう言うと、香山はその不審点について、石橋徹子に語ったのと同じ概略を説明した。さらに、酒を断っていた彼が、事件を起こす直前、ハイボールを三杯も呑《の》みほしていたことを付け加え、昨年の八月二十八日に亀山ダムで、殿山と被害者の近藤清太郎が居合わせていて、そこで最愛の娘が溺死《できし》したという事実を話すと、香山は言葉を続けた。

「——どうでしょう。私どもの捜査にご協力願えませんか」

平野が顔を上げ、わずかに潤んだ目を向けて、うなずいた。

「ええ、もちろん、協力させていただきます。でも、何をお話しすればいいいんですか」

「では手始めに、あなたの目から見て、殿山さんは、いったいどんな感じの人でしたか」

言われて、平野が肩を竦《すく》め、言った。

「どんな人かと言われても、何とお答えしたらいいのか、適当な言葉がすぐには思い付きませんけど、ともかく物静かで、真面目な人でした。それに、仕事には一切妥協しない職人気質《かたぎ》の方でしたね。そのせいか、他の同僚とは馬鹿話もしないような謹厳なタイプでしたから、ここへ入社したばかりの頃は、とっつきにくい人だなって、つい思ってしまったもんです。ところが、八年前に娘さんが生まれてから、殿山さんは目に見えて明るくなったんです」

香山は、またしても胸を突かれる思いだった。血を分けた娘を授かるということは、頑《かたく》なな人の性格まで和らげるほどの大きな幸せなのだ。だからこそ、その子供を失ったとき、殿山を襲った心痛は、言語に絶するものだったに違いない。

言葉をなくした香山に、平野が続けた。

「料理人の世界も、きっとそうでしょうけど、私たちのように精肉に携わる人間も、古いやり方を一切変えようとしない人が少なくありません。だから、新人の頃は、とても厳しく躾《しつ》けられましたし、問答無用で手を上げる先輩も珍しくありませんでした。殿山さんは、元々そういうことをする人ではありませんでしたけど、娘さんを授かってからは、さらに優しくなったように思いますね。ほかの先輩から私が怒鳴りつけられた後なんかは、こっそりと優しい言葉を掛けてくれて、隠れて色々なことを教えてくれたものです」

「殿山さんに釣りを指南されたのは、あなただったそうですね」

「どうして、それを？」

平野が驚きの顔つきになった。

「ここへ来る前に、鎌ケ谷で殿山さんの奥さん――いや、正確に言えば、離婚された元の奥さんと会って来たんです」

「そうでしたか。――確かに、殿山さんに釣りをお教えしたのは私です。ここの仕事の帰りに、ときおりお酒のお付き合いをさせていただいたんですが、そのとき、あの方が、自分は酒を飲むほかには趣味ってものがまったくないんだって、しきりとボヤくものですから、だったら一度、管釣りに行ってみませんか、とお誘いしてみたんですよ」

「カンツリ？」

聞きなれない言葉に、香山は首を傾げる。

初めてかすかに歯を見せて、平野が言った。

「ああ、釣りをされないのであれば、知らないのは無理もありませんね。《管理釣り場》というものが、方々にあるんです。たとえて言うなら、規模の大きな自然の中の釣り堀です。トラウトやヤマメなんかが放流されていて、返しのない釣り針を付けたごく小さなルアーで、手軽に釣りが楽しめます。いきなりの海釣りや川釣りのルアー・フィッシングでは、釣れる時間帯が夜明け前や暮れ方ですし、そのうえ潮目の見極めがかなり難しくて、ルアーの針がすぐ根掛かり——水底の岩や流木に引っ掛かるから、素人には相当に難易度が高いんです。だけど、《管理釣り場》なら、時間帯は関係ないし、根掛かりもほとんど心配ないから、初心者でもかなり楽しめます。殿山さんも、いっぺんに嵌《はま》っちゃいましてね。で、それからは、いろいろなところへ釣行をご一緒しましたっけ。市原《いちはら》市の海釣り施設、霞ヶ浦、それに亀山ダム——」

遠くを見つめるような顔つきで言いながら、平野はかすかに笑みを浮かべる。楽しい記憶が甦《よみがえ》ったのだろう。

「しかし、一年ほど前に、娘さんを亡くされましたよね」

香山の言葉に、一転して平野の表情が曇り、暗い口調で言った。

「ええ。人間には、いつ何時、どんな形で不幸が降りかかるか予想もつかないってやつでしたね。殿山さんは、忌引きで一週間近くも仕事を休まれていました。出勤してきたときには、目の下に隈《くま》ができていて、げっそりと瘦《や》せていましたっけ。元々口数の少ない人でしたけど、それからは仕事のこと以外、誰とも口を利かなくなりました。それも無理もありません。あの人は娘さんを溺愛《できあい》していましたから。私も何度も見せていただきましたよ。スマホの待ち受け画面が、娘さんの満面の笑みだったんです。──本当に、可愛い子でしたね」

平野の言葉の終わりが、小さな涙声になっていた。握り締めた両の拳《こぶし》がかすかに震えており、顔を俯《うつむ》かせ、真っ赤に潤んだ目から一滴の涙をこぼした。

香山も、返す言葉がない。石橋家の仏壇に飾られていた殿山知佳の顔写真が、脳裏に甦った。ふっくらとした顔で、二重の目をして屈託なく笑っていたのだ。しかし、ここで躊躇《ためら》っている場合ではない。

「それで消え入るようにして、殿山さんはこの店を辞めてしまったというわけですね」

当然だろうという気持ちで、彼が静かに口にした言葉に、平野は顔を上げると、即座に言った。

「いいえ、それは違いますよ」

六

香山が、東船橋駅の改札を通り抜けたのは、午後九時過ぎだった。

船橋署へ向かうために、駅前を離れて、静まり返った暗い住宅街に足を踏み入れると、街灯の灯《とも》った道には、ほとんど人影がなかった。

ときおり、タクシーが通り過ぎる。

赤いテールランプが遠ざかると、静寂が戻ってくる。

入れ替わるようにして、総武本線が走行する低い音が、遠くから響いてくる。

一日じゅう歩き回り、聞き込みを続けたせいで、ろくに食事も摂《と》っていなかった。

しかも、この蒸し暑さだ。体がまいっても、少しもおかしくない。

それなのに、内心の興奮が、そうした疲労感や空腹を、どこかへ追いやってしまったように感じられる。その引き金となったのが、《まるふく》の平野の口にした言葉だったことも、はっきりと分かっていた。

《殿山さんは、数か月間、ずっとそんな抜け殻になってしまったような様子だったんですが、今年の一月に入ってから、まるで人が変わったようになったんです》

それは、娘に死なれて、殿山がとことん気落ちし、その挙句に、元の職場を辞めたのだろうという趣旨の香山の問いに対する返答だった。

《人が変わったようになった？》

香山は、思わず聞き返した。

平野が、これ以上になく真剣な表情でうなずいた。

《以前にもまして、私に精肉の細かい高度な技術を教えてくれるようになったんです。

もちろん、普通に話すようになりましたし、顔に以前のような表情というものが戻っ

てきました》
《いったい、何があったんですか》
《はっきりとしたことは、分かりません。でも、私が恐る恐る訊《き》いてみたとき、子供のいる人と知り合いになったようなことを口にしていました。それに、あの人は、何かとても気が急《せ》いているように感じました》
《気が急いている？》
《ええ。私に色々なことを伝授してくれただけではなく、周囲の者に何くれとなく、それまでの義理を返しているようでした。販売に携わっている店の女性従業員たちにも、長年の付き合いへのお礼の品物を贈っていることにも気が付きました。そして、一月末で店を辞めたんです》
殿山の中で、いったい何が起きたのだろう――
夜道に響く自分自身の靴音に耳を傾けながら、香山はじっと考え込む。
そして、ふいに一つのことに思い当たった。
《知佳があんなことになってしまって、あの人はこれ以上もなく落胆していましたし、自分をひどく責め続けていました。ずっとそんな状況でしたから、二月に入ってすぐに離婚を切り出されたとき、私自身も精根尽き果てて、どうしようもない気持ちになっていたので、つい離婚届に捺印《なついん》してしまったんです》

鎌ヶ谷の自宅で、徹子が口にしていた言葉である。

仕事場での殿山は、一月に入って、それまでとガラリと人が変わったように、精力的に周りの者と関わっていた。ところが、自宅では、妻に対して、以前と変わらぬ様子を見せていたのだ。

これは、どういうことだろう。

一月に、彼の気持ちを別のことに向けさせる、何かが起きたことは絶対に間違いない。

だが、徹子には、それを知られたくなかったのではないか。

一月——

一月——

一月——

頭の中で、何度も繰り返す。

平野に対して、子供のいる人と知り合いになった、と殿山は口にしていたという。

それが、関係しているのだろうか。

突然、まったく別のことに気が付き、香山は足を止めた。

閃《ひらめ》いたのは、米良の言葉だった。

《雑誌は今年の二月号だったが、読者投稿欄に、昨年の釣行特集というのがあって、様々な写真が掲載されていた。その中の一枚に、昨年の八月二十八日に巨大なブラックバスを釣り上げた人物が、はっきりと写っていたんだよ》

《聞いて驚くな、近藤清太郎さんだ。船外機の設置されたボートに乗って、釣り上げた魚を持ち上げている写真だ》

雑誌の二月号が刊行されるのは、実際には一月中のはずだ。つまり、その雑誌を目にして、殿山の気持ちに劇的な変化が生じたのかもしれない。

この筋読みを裏付けるものは、ほかにもある。趣味の雑誌というものは、凝っていれば凝っているほど、たいてい毎号購入するものだろうし、読み捨てにすることはまずないだろう。ところが、殿山の手元にあったのは、近藤清太郎の写真が掲載されていたその二月号だけだった。

二月に入って、徹子と離婚し、第三桜荘に引っ越しして、千葉駅近くの精肉店に就職を決め、同時に、釣り関連のものをネット・オークションで一つ残らず売り払っている。

にもかかわらず、その釣り雑誌だけは、手元に残した。

何のためだろう――

憎むべき近藤清太郎の顔を忘れないため――

刺殺する決意だったから――

だからこそ、別れるつもりの妻に余計な心配をさせないように、敢《あ》えて、胸の裡《うち》の大きな気持ちの変化を表に出さなかった。

しかし、ちょっと待て。

この筋読みには、一つだけ、決定的な難点がある。

そう思いながら、香山は再び船橋署へ向けて歩き出した。

第四章

一

狭い部屋の中には、重苦しい空気が満ちていた。

無表情のまま、小田嶋は黙然と座っている。

長い説明を終えて、無言になった香山が、ふいにまた口を開いた。

「ダメ押しのつもりで行ったこうした調べで、さながら瓢箪《ひょうたん》から駒のように、殿山が起こした一件が、単なる傷害致死事件ではなかった、と考えざるを得ない手掛かりが飛び出してきたというわけです。つまり、二か月ほど前に発生したあの事件は、実は周到に計画された殺人かもしれない、という可能性が浮上してきたんですよ」

するど、小田嶋がおもむろに口を開いた。

「なるほど、確かに、かなり興味深い話ですね。しかし、それはあくまで、可能性の一つでしょう」

「何を、おっしゃりたいんですか」

「だって、加害者の半年前からのすべての動静が、あたかも被害者を刺すことに向けて収束されているように見えたとしても、そして、両者の間に明確な接点があったからといって、加害者が刺殺を計画していたとまでは、とうてい言いきれないんじゃないですか」

「その根拠は、何でしょう」

「確かに、殿山という人にとって、大切な娘さんを失ったことは、取り返しのつかない悲劇だったでしょうし、癒《いや》しがたい悲しみだったと思います。しかし、娘さんは溺《でき》死《し》、つまり事故死だったんでしょう。被害者を恨む直接的な理由なんて、どこにもないように思いますけど」

頭の回転の速い人だ――

鏡に映る小田嶋をじっと見つめて、増岡は思う。

目の前の人物が、四年前、千葉県内に十五店舗を展開するヘアー・サロン、フローラ・グループの千葉市本店の店長に、三十代という若さで抜擢されたというのも、美容師としての高度な技術や、容姿端麗というだけでなく、物事の要点を素早く捉《とら》えて的確に判断する能力の高さに負うものだったのだろう。ローカルテレビの日曜昼の情報番組にゲスト出演して、若い女性タレントのヘアー・カットを実演したことから一気に人気がブレイクしたのも、美容師としての資質のみならず、人の気持ちを逸《そ》らさない巧みな話術の賜物《たまもの》と言えるかもしれない。

それにしても、その約一年後に、フローラ・グループの代表取締役にまで登りつめたというのだから、そのあまりにもとんとん拍子の出世には、驚きを禁じ得ないものがある。

すると、香山が言った。

「ええ、確かに、あなたのおっしゃる通りです。その点に突き当たり、私も自分の思い描いた推理に、自信を失いかけました。だから、もしも、それ以上の新たな材料が見つからなかったら、この一件に関する捜査は、今度こそ完全に終了ということになっていたことでしょう」

「それなら、ほかにまだ何か――」

かすかな驚きの顔つきを浮かべて、小田嶋が口にした。

「ええ、釣り雑誌に掲載されていた写真や、殿山の別れた妻の証言に引き寄せられるようにして、私たちの疑いを一層濃くさせる別の事実が明らかになったんです。私たちは、ただちに亀山ダムを所管する君津警察署に連絡を入れて、昨年の八月二十八日に発生したという水難事故について、処理に当たった担当者から詳細な状況を教えてもらうことにしました。君津署へ赴いて、聞き取りを行ったのは三宅と、そこにいる増岡です。しかも、二人は担当者に無理を申し入れて、水難事故の現場へも足を運び、実際に現地を見ながら説明を受けてきたんです。そして、そのひと手間が、思いがけない収穫に繋《つな》がりましてね」

言うと、香山が再び説明を始めた。

二

「殿山知佳ちゃんの水難事故の一報が入ったのは、当日の午前十一時四十分頃のことでした――」

パトカーのハンドルを握ったまま、古田《ふるた》浩二《こうじ》警部補が抑え気味の口調で言った。

後部座席にいる増岡は、車の揺れに身を任せたまま、バックミラーに映るその顔や、後ろ姿に目を向けていた。

古田は、黒々とした髪を短く刈り上げており、丸い童顔でかすかに垂れた目をしている。半袖《はんそで》のワイシャツ姿で、下は紺色のスラックスというなりだ。たぶん、柔道などで鍛えているのだろう。小柄だが、肩が張ったがっちりとした体格をしている。年齢は、五十歳前後くらいだろうか。

「その後の対応は、どんなものだったんですか」

助手席に座っている三宅が、すぐに訊《き》いた。

「まず、地元の交番から制服警官二名が、ただちに自転車で現場へ向かいました。事故の目撃者からの通報は県警本部の通信指令室に入り、真っ先に君津署と地元の交番に対して出動命令が出ましたからね。私ともう一人が、君津署から覆面PCで出発したのも、それとほぼ同じ頃だったと思います」

古田が答える。

二人のやり取りを耳にしながら、増岡は左側の車窓へ目を向けた。

彼女と三宅が、君津市役所の向かい側にある君津警察署の駐車場から、古田の運転で出発したのは、一時間半ほど前の午前十時頃だった。市内の閑静な住宅街を貫いている県道を通り抜けると、やがて小糸川《こいとがわ》を渡り、交差している館山《たてやま》自動車道を過ぎた頃から、民家がぱったりと途絶えて、周囲は、紺碧《こんぺき》の空の下に緑の畑が茫漠《ぼうばく》と広がる光景に変わった。ときおり、眩《まぶ》しいほどの日差しに照らされた、青々とした稲が丈高く伸びた水田も見かける。

さらに、道路は起伏の激しい緑濃い山間部に差し掛かり、両側を樹木に囲まれたつづら折りになった道の走行に揺られるうちに、前後を走行する車両が少なくなり、対向車とも滅多にすれ違わなくなった。

そんな光景を眺めやりながら、増岡は考えていた。

殿山と近藤清太郎の間には、確かに一つの接点があったのだ。一年前の八月二十八日の亀山ダム。そこで、殿山は最愛の娘を失っている。それからちょうど一年後というタイミングで、西船橋駅近くの路地で、殿山は近藤清太郎を刺した。その直前に、彼はずっと断っていた飲酒を再開したのだ、かなり酔うほどまでに。

殿山は、いたって気の小さな男だったという。だとすれば、その飲酒は、これから決行しようとしている殺害に怖気《おじけ》づきそうになっている自分を、アルコールの酔いで奮い立たせるためだったのではないだろうか。

昨晩、増岡は思い切って、この推理を米良係長にも話してみたのだった。だが、しばらく腕組みしたまま考え込んでいた米良は、やがて腕を解くと、渋い表情を浮かべて、《捜査に予断は禁物だぞ》と口にしただけで、それ以上の言葉はなかった。

あれは、自分の推理を、頭から否定する言葉だったのだろうか。それとも、筋読みの一つとして、当然考えられるものの、いっそう慎重に捜査を進めろという無言の示唆だったのだろうか――

「つまり、最初に現場に到着したのは、地元の警察官だったわけですね」

三宅の言葉で、増岡の思念は破れた。

ハンドルを握る古田が言った。

「ええ、そうです。おたくたちが今日、亀山ダムの現場を実見することは、地元の交番にも連絡済みですから、担当した者が水難事故の起きた場所で待っていてくれるはずです。——あと、もう少しですよ」

古田が言うと、三宅が訊いた。

「事故が発生した頃も、こんなふうに道路はガラガラだったんですか」

「ええ、あのときは夏休みの終盤でしたけど、亀山ダムへのルートは、いつでもそれほど混みません。そのせいで、スピードを出し過ぎる車が結構いるのが、困りものなんですよ」

「しかし、聞いた話じゃ、その湖はブラックバス釣りでは、かなり有名な場所だそうじゃないですか」

「ええ、確かにそのようですね。しかし、私は釣りなんていう面倒くさい趣味は持ち合わせていませんから、好き好んであそこに行くことはありません」

かすかに笑いながら言うと、古田がハンドルを切り、県道から左側へ続いている脇道にパトカーを乗り入れた。

やがて、赤い鉄橋のようなものが見えて来た。全長は、ゆうに二十メートル以上もありそうだ。それでいて、向かい側から来る車両と、すれ違えるほどの幅はない。

橋の向こう側にほかの車が来ていないことを確認すると、古田はアクセルを踏み込み、ゆっくりと鉄橋を渡った。

やがて、坂を下ると、広い駐車スペースが見えて来た。その広場の奥に、二階建ての白い建物があり、側面の壁に《亀山やすらぎ館》という切り文字が取り付けられている。少し離れた左側に、公衆トイレの建物もある。

湖岸沿いの高くなった場所には、何軒かの古い民家が見えていた。反対側に目を向けると、ダム湖の煌《きら》めくような水面《みなも》が遠くまで広がっている。対岸の汀《みぎわ》に迫っている山々は、鬱蒼《うっそう》たる濃い緑に覆われている。湖の少し右奥の遠方に、別の赤い鉄橋が見えていた。

「事故が起きた場所というのは、あそこの橋を渡った先です」

言うと、古田はその方向にハンドルを切った。


「湖面に浮いていた男の子を引き上げたのは、私ともう一人の浦澤《うらさわ》巡査でした」

汀の木陰で、夏の制服姿の徳橋《とくはし》巡査長が言った。

増岡は、その徳橋の顔を見つめる。背の高い、痩《や》せた人物である。歳は、三十代後半だろう。彼女と三宅は古田とともに、すぐ近くにある雑草を刈っただけの駐車スペースでパトカーを降りた。そして、駐車スペース沿いの緩やかな坂を下ったところに警察の自転車が停められていて、傍らの木陰に、徳橋が額の汗を拭《ぬぐ》いながら立っていたのだ。初対面の挨拶《あいさつ》を済ませ、捜査の目的をかいつまんで説明したうえで、彼が担当した水難事故についての説明を聞き始めたところである。

すぐそばの木に留まっているツクツクホウシの鳴き声が、耳を聾《ろう》するばかりだ。

風が凪《な》いでいて、じっとしているだけで、汗が噴き出すほど暑い。

「女の子は、誰が引き上げたんですか」

三宅が言った。

「父親です――」

痛ましそうに顔を曇らせて言うと、徳橋が傍らの汀を指さして続けた。

「――私たちが自転車で駆けつけたとき、そのあたりで声を上げて泣いていました。当然、心肺蘇生などの処置を懸命に行ったのでしょうけど、もはや手の施しようもなかったのだと思います。子供が浮いていたのは、あそこです」

言われて、三宅とともに増岡も、彼が指さした方へ目を向けた。汀にごく低い柵《さく》のようなものがある。そのすぐ先が水面で、十メートルほど先の湖面に、赤い鳥居が立っていた。

二人は木陰から出ると、二、三歩、その鳥居の方へ近づいた。

すると、徳橋が背後から言葉をかけて来た。

「その父親は、水に飛び込んでずぶ濡《ぬ》れの姿のまま、ぐったりとなった娘さんの小さな体を、声を上げて泣きながらずっと抱きしめていましたよ。そうしていれば、いつかは息を吹き返して、肌にぬくもりが戻ってくると信じているみたいにね。――警官ですから、それまでにも悲惨な場面に接したことは何度もありました。だけど、あれほど悲しんでいる人間を、私は見たことがありませんでした。恥ずかしながら、その晩、私は酒をひどく飲み過ぎてしまいました。とても、眠れる気がしなかったです。警官になったことを後悔したのも、その時が初めてでした」

増岡が三宅とともに振り返ると、古田の隣にたたずむ徳橋が、目を赤く潤ませていた。

増岡は念のためと思い、用意してきた殿山の顔写真を差し出した。

「その父親は、この人で間違いありませんね」

徳橋が写真を受け取り、洟《はな》を啜《すす》りながら見入る。すぐに顔を上げ、うなずく。

「ええ、確かにこの人でした」

そのとき、古田が言った。

「私ともう一人がここへ駆けつけてきたときも、依然としてそんな状況でしたから、女の子の父親からは、その時点で実のあることは何も聞き出せませんでした。しかし、水難事故が起きた後で現場を通りかかったボート屋の店員は、まだしも冷静だったので、それで何とかなったというわけです」

「その水死事故は、具体的には、いったいどんな経緯だったんですか」

三宅の問いに、古田がうなずき、言葉を続けた。

「事故が起きたのは、昨年の八月二十八日の正午前、正確には、午前十一時半過ぎだったそうです。最初に警察に電話を掛けたのは、むろん父親の殿山という人でしたけど、完全にパニック状態に陥っていて、対応した通信指令室の担当官の話では、相手の言葉はまったく要領を得なかったそうです。ところが、しばらくして、別の男性が電話を代わって、事態についての的確な状況を伝えてきました。それが、たまたま現場を通りかかった杉山健司《すぎやまけんじ》というボート屋の店員だったんです。ぐったりとなっている幼い女の子を抱きしめたまま、携帯電話に向かって泣き叫んでいる中年男性に気付いて、すぐに事態を察し、声を掛けてスマホを借りると、警察に説明したんです」

「中学生の男の子は、どうなったんですか」

「あの子も、すでに手遅れでした。この近所に住んでいる中学一年生でね、可哀そうに、女の子を助けようとして飛び込んで、自分も溺《おぼ》れてしまったんです」

古田も痛まし気な顔つきになっていた。

二の句が継げなくなったように、三宅までが黙り込む。

古田の言葉が途切れると、その後を引き取るように、徳橋が再び口を開いた。

「女の子の父親が、どうにか受け答えができるようになったのは、一時間ほど経ってからでした。それで、水難事故の詳細が判明しました。午前十一時半前に、その父親は急な腹痛に襲われたため、すぐそばで釣りをしていた中学生に声を掛けて、娘を見ていてほしいと頼んだんだそうです。すると、その中学生が二つ返事で引き受けてくれたので、彼は急いでトイレに向かいました。そして、十分ほどして戻ってみたら、娘と中学生の姿がどこにもないことに気が付いたというわけです」

増岡は身を乗り出して言った。

「そのとき、湖にボートが見えませんでしたか」

「ボート？」

「ええ、船外機が取り付けられた釣り用の小型ボートです。そこに、五十歳くらいの体の大きな太った男性が乗っていたはずなんです。――この人ですけど」

今度は、被害者の近藤清太郎の写真を差し出す。

徳橋は、死に顔の写真にじっと目を向けて、考え込む顔つきになったものの、やがてかぶりを振って言った。

「いいや、ボートも、こんな人も見なかったですね」

「古田警部補は、どうですか。ここへ駆け付けた時、近くにいるボートを見たんじゃありませんか」

執拗《しつよう》に質問を重ねる増岡に顔を向けて、三宅が小さくうなずく。彼女の意図を察したのだろう。殿山が近藤清太郎を刺したのが、偶然に発生した傷害致死事件ではなく、意図的な殺害のための行為だったとしたら、殺意を抱くに足る確固たる動機がなければならない。その動機として、最も可能性があるのは、八月二十八日という日付と、亀山ダムという場所からして、娘の死への関わりではないだろうか。

むろん、現段階では、まだ一つの想定に過ぎない。しかも、仮にその想定が真実であったとしても、近藤清太郎が具体的にどのような形で、殿山の娘の溺死《できし》と関わっているのか、皆目見当もつかないのだ。しかし、それでも、近藤清太郎が乗ったボートが近くにいたという状況が確認できれば、半歩前進であることは間違いない。

ところが、古田がゆっくりとかぶりを振った。

「記憶にありませんし、たぶん、そんなものは見なかったと思います。もしも、私たちの目の届く範囲内にボートに乗った釣り人がいたら、当然、職務遂行上の手順からいっても、事故に関しての聞き取りをしなければならなかったはずですから」

増岡は、音を立てずに息を吐く。それでも諦《あきら》めきれずに、すぐに古田に言った。

「亡くなった女の子の父親——殿山は、ボートのことについて、何か言っていませんでしたか」

「そうですね、あの人が口にしていたのは、後悔の言葉だけでした。娘さんが水に嵌《はま》ったのは、事故だったのかと私が問いかけると、自分がトイレに行かなければ、こんなことにならなかったんだ。お父さんが知佳を死に追いやったんだ。ごめんよ、ごめんよ、と泣きながら、それればかり繰り返していましたよ」

その言葉を耳にして、増岡は、事件解明に繋《つな》がる一縷《いちる》の希望が潰《つい》えたという気持ちだった。昨年の八月二十八日に、この場所に殿山と近藤清太郎がいたのは、やはり単なる偶然に過ぎなかったのだろうか。あの日、殿山知佳がたまたま水に嵌って亡くなり、近藤清太郎はたまたま大物のブラックバスを釣り上げて、ご満悦となっただけなのか。

そのとき、徳橋が突然声を張り上げた。

「杉山くん」

増岡が驚いて顔を上げると、汀《みぎわ》を歩いていた青年が足を止めたところだった。

三宅も目を向けている。

「何ですか、徳橋さん」

「いまちょうど、君のところに寄るつもりだったんだ。――こちらのお二人は、船橋署の刑事さんたちだ。昨年の今頃に起きた例の水難事故のことを調べるために、わざわざおいでになったんだよ」

言いながら、三宅と増岡を指し示した。

「あの水難事故ですか」

言いながら、杉山が躊躇《ためら》いがちに近づいてきた。カールした茶髪に、目が大きく、頬骨の目立つ顔立ちで、日焼けしている。水色のTシャツに下はジーンズ、足元は青いビーチサンダルだった。歳は、二十歳前後だろう。

　すると、徳橋が増岡に顔を向けた。

「さっきの二枚の写真、ちょっと貸していただけますか」

「ええ。どうぞ」

　言いながら、増岡は写真を差し出す。

　写真を受け取ると、徳橋は近づいてきた杉山に言った。

「あの日、こういう人たちが、この辺りで釣りをしていたはずなんだが、何か覚えていないかね。こっちの太った人は、ボートに乗っていたらしい。おたくのボート屋から借りたのかもしれないぞ」

　言われて、杉山が二枚の写真を手にする。

　辺りに沈黙が落ち、セミの鳴き声だけが響いている。

　青年が顔を上げた。

「うちの客じゃないと思いますけど、もしかしたら、この二人だったかもしれないな、あの日この辺りで見かけたのは」

「何を見たんだね」

「見かけた？」

徳橋と三宅の言葉が重なった。

「僕が通りかかったとき、ボートに乗っていた人と、汀で釣りをしていた人が激しい言い争いをしていたんです。ボートにいた人が、こっちの太った人で、汀にいたのが、この中年の人だった気がします」

「口喧嘩《くちげんか》？　原因は何だったんですか」

増岡も口を挟んだ。

「さあ、よく分からないけど、子供が原因だったのかもしれません。だって、この小柄なおじさんが、《子供がやったことじゃないか》みたいなことを言っていたような気がするし、ボートの太った人が《釣りをしているところに石を投げるなんて、てめえは、子供の躾《しつけ》もできないのか》みたいなことを大声で怒鳴り散らしていましたから」

「本当に、この二人だったんだね」

三宅が念を押す。

すると、杉山が気圧《けお》された様に、顔を引いた。

「ええ、釣り人同士のあんなに激しい口喧嘩なんて、これまで見たことがなかったし、同じ日にあんな水難事故もあって……、それで記憶に残っているんです。──もういいですか、徳橋さん」

「ああ、引き留めて悪かったな」

写真を受け取り、徳橋が言うと、杉山は立ち去った。

誰からともなく、四人は顔を見合わせた。

「どう思います」

沈黙に堪えきれなくなって、増岡は言った。

「口喧嘩騒ぎがあったのは、一年も前のことだろう。それに、目撃したのも一瞬だぞ。本当に、殿山と近藤さんだったのかな」

三宅が歯切れ悪くつぶやく。

「でも、言い争いをしていたのが、もしもこの二人だったとしたら、彼らの間にかなり険悪な確執があったことになるんですよ」

「口喧嘩に遺恨を覚えて、一年後に刺し殺したりするのか？」

「違います。娘の水死に関わる何らかの恨みですよ」

「それって、具体的にはどんな恨みなんだよ？」

言われて、増岡は思わず言葉に詰まり、やがて言った。

「それは、まだ分かりませんけど」

その後、増岡は三宅や古田とともに、亀山ダム周辺の施設を訪れて、聞き込みを行った。

ヘラブナや鯉などの釣り堀、水産センター、それにほかの貸しボート屋などである。

振りだった。

さらに、周囲の数軒の民家にも訪《おとな》いを告げて、聞き込みをしたものの、いずれも空振りだった。

ところが、最後に立ち寄ったレストラン兼宿泊施設で、一つだけ収穫があった。

昨年の八月二十七日から二十八日にかけて、近藤清太郎が宿泊していた事実が判明したのである。

三

「三宅と増岡は、担当だった古田警部補や徳橋巡査長から水難事故の詳細についての聞き取りを行いました。しかしながら、殿山知佳というその少女の溺死については、事故以外の事件性がないという所轄署の判断に、疑義を差し挟むわずかな要素も見出《みいだ》せませんでした――」

小田嶋に向き合った香山が、静かな口調で言い、さらに言葉を続けた。

「――とはいえ、水難事故の直前に、殿山と近藤清太郎さんの間で、かなり激しい揉《も》め事があったらしいことが判明したんです。確かに、一年前の記憶という若干の難点はありましたが、見過ごすことのできない注目点と言えるでしょう。しかも、最後に聞き込みを行ったレストラン兼宿泊施設でも、一つとても気になる発見がありましてね」

　言われて、小田嶋が反射的に目を瞬《しばた》いた。

「気になる発見？」

「ええ、近藤清太郎さんは前日にその宿泊施設にチェックインしたとのことでした。そして、当日も朝早くから釣りに出掛けられたんだそうです。そのとき、お連れの方がいらしたんですよ」

「連れ――」

「ええ、その方の氏名は、飯島久信《いいじまひさのぶ》さんといい、自宅住所もホテルのデータに残っていました。一緒に泊まられ、釣りにも同行する。よほど親しい間柄だったと考えていいでしょう。つまり、水難事故の起きた日について、まさに現場を知る目撃者が見つかったわけです。この事実に私たちは着目して、さらなる調べを進めました。私たちが取り掛かったのは、被害者である近藤清太郎さんの人となりや暮らしぶりを詳細に確認することでした。どうでしょう、小田嶋さん、もう少しだけお時間をいただけますか？」

　香山の言葉に、小田嶋が悠然とうなずく。

「ええ、ここまでお付き合いしたんですから、最後まで、お話を聞きますよ」

四

「私に、どんな御用でしょうか」

広々としたフロアで、裏手の事務室の方から近づいてきた飯島久信が、十メートルほど離れたところから声を掛けて来た。

赤城は水沢とともに頭を下げると、警察手帳の身分証明書を開いて見せた。

「船橋署の赤城と申します」

「同じく、水沢です」

水沢が倣って言うのを待って、赤城はすかさず続けた。

「近藤清太郎さんが亡くなられたことは、ご存じでしょうね」

「ええ、昨日の早朝、知り合いが電話で知らせてくれましたから。通夜は明晩で、告別式は明後日《あさって》だと」

五メートルほど手前で足を止め、飯島が顔を曇らせて言った。黒いポロシャツに、下は白いスラックスというなりで、足元は茶色のローファーだ。背がかなり高く、たぶん、一メートル八十はある。背筋が伸びて若々しく見えるものの、実際には、五十歳前後くらいだろうか。髪を短く刈り込んで、こんがりと日焼けしており、目が細く、鷲《わし》鼻《ばな》で薄い唇だった。太い腕の左手首に嵌《は》めているゴールドのロレックスと、耳が餃子《ギョーザ》のように腫《は》れているのが、赤城の目に留まった。

目黒《めぐろ》の山手《やまて》通りに面した《ロード・キング》の店内は、天井が高く、冷房が効き、八十センチ角ほどの白と黒の石畳み模様となっている人工大理石らしき広いフロアに、六台の大型の高級外車が、ゆったりとした間隔で置かれていた。ベンツ。マセラッティ。ポルシェ。マクラーレン。アストンマーティン。BMW。どの車もチリ一つなく磨き込まれている上に、天井のLEDのスポット・ライトの照明で輝いている。側面と奥の壁には、カラーとモノクロで、三十点以上の額装された世界中の名車の写真がずらりと並んで掛けられている。天井近くの壁に、色とりどりの外国車のエンブレムも飾られていた。

「私ども、お亡くなりになった近藤清太郎さんのことで、あなたにお聞きしたいことがあって参りました」

中目黒駅から歩いて十五分ほどの場所にある、《ロード・キング》の全面ガラス張りになっている店内へ入り、受け付けの女性に社長の飯島に面談したいと伝えたところ、すぐに彼が奥から姿を現したのである。

「近藤のこと？　彼は仕事場近くで揉め事に巻き込まれて、刺されたと聞きましたけど。そうじゃなかったんですか」

「ええ、確かに、その通りです。ただし、私どもが調べたところ、それほど単純な揉め事ではなかったかもしれない可能性が浮上しましてね。それで、こうして捜査しているというわけです。ご協力いただけますか」

「そりゃ、近藤に関わることだから、何でも協力させていただきますよ。私に、何をお訊《き》きになりたいんですか」

「近藤さんとは、どういうご関係でしたか」

「大学以来の友人――いいや、悪友と言った方が、適切かな。付き合いは、かれこれ三十年以上になります」

「同じ大学だったというわけですね。だったら、学年や学部もご一緒？」

「学年は同じでしたけど、学部は違いました。あいつは商学部で、私は経済学部でしたから。もっとも、二人とも勉強なんて形ばかりでね、相撲部で同じ釜《かま》の飯を食いましたよ。近藤も私も、それぞれの高校からスポーツ推薦の枠で入学したんです。大学選手権で勝ち進むために、土俵で泥だらけになる厳しい稽古《けいこ》に明け暮れて、腹にチャンコをこれでもかと押し込むだけの毎日でしたね。今回の近藤のことを電話で知らせてくれたのも、同じ相撲部だった男です」

なるほど、と赤城はうなずき、納得する。餃子のように腫れた耳は、《耳介血腫《けっしゅ》》というラグビー選手や柔道選手、それに相撲取りによく見られる腫れだ。

「近藤は、腹が盛大に太ったアンコ型だったけど、私はソップ型でね」

「ソップ型？」

「ご存じありませんか。アンコ型は北《きた》の湖《うみ》が代表格で、ソップ型は千代《ちよ》の富士《ふじ》みたいな、筋肉質の相撲取りのことです」

「ああ、そう言うんですか。――ときに、殿山和雄という人物に、お心当たりはありませんか。年齢は五十一歳で、精肉の仕事をしている人ですけど」

「いいえ、そんな人は知りませんね。うちのお客にも、いなかったと思います」

素早い返答だった。顧客については、すべて抜け目なく把握しているという感じだ。

「それなら、お亡くなりになった近藤さんが、誰かから恨まれていたとか、揉め事を起こしていたとか、そういうことをご存じありませんか」

その言葉で、飯島の顔つきが険しいものに変わった。

「もしかして、揉め事で刺されたんじゃなくて、最初から命を狙われていた、と警察では見ているんですか」

「あくまで、一つの可能性です」

飯島がかすかに唸《うな》った。そして、言った。

「近藤は、金融関連の仕事をしていましたから、その手のゴタゴタは、かなりあるんだろうとは想像していました。しかし、プライベートの付き合いでは、お互いに仕事にまつわる面倒事についちゃ、いっさい口にしませんでした。日頃の憂さを忘れて、学生時代の気持ちに戻ろうってときに、嫌な話なんか聞きたくありませんからね」

「確かに、そうでしょうね。ときに、飯島さんの目から見て、近藤さんは、どんな方でしたか」

「返答に困りますね。まあ、しいて言えば、向こう意気の強いやつでした。それでいて、頭の回転が速くて、細かいことに実によく気が回るところもありました。その辺りが、あの商売向きだったのかもしれません」

「向こう意気が強い？」

「ええ、学生時代は、二人で色々とやんちゃもやらかしましたよ。部活の帰りに嫌というほど酒を飲んで、ほかの大学の連中との喧嘩《けんか》なんて、しょっちゅうでしたから。そんなとき、相手がどんなに多勢でも、近藤は絶対に後に引かないタイプでね」

「なるほど」

赤城は再びうなずく。

すると、横の水沢が口を挟んだ。

「昨年の八月二十七と二十八日に、近藤さんと亀山ダムに釣りに行かれましたよね」

「ええ、行きましたよ」

「そのときのことを、お話しいただけますか」

言われて、飯島はかすかに迷うような顔つきになったものの、やがておずおずと口を開いた。

「二十七日に近藤の車で亀山ダムへ行き、ホテルにチェックインした後、すぐに釣りに出かけました。その晩は、いつものように二人で馬鹿話をしながら、深夜まで酒を飲みました。そして、翌日も半日ほど釣りを楽しんでから、夕刻になって帰路に就いた。ただそれだけですよ」

「その二十八日に、亀山ダムで近藤さんに何か揉《も》め事がありませんでしたか。あるいは、そんな話を聞きませんでしたか」

飯島は肩を竦《すく》めて、かぶりを振った。それから、ふと思いついたように、「ちょっと、お待ちください」と言うと、踵《きびす》を返して事務所の方へ歩いてゆき、ドアを開けて中に姿を消した。五分ほどして再び姿を現した飯島は、タブレットを手にしていた。すでに電源と、アプリを立ち上げてあり、それを差し出した。

「どうぞ、ご覧ください。そのときのスナップ写真です」

「拝見します」

言いながら、赤城はタブレットを受け取り、画面に映し出されている画像に見入った。横から、水沢が覗《のぞ》き込む。湖に浮かんだボートに、濃紺の野球帽を被《かぶ》った近藤清太郎が乗っており、釣竿《つりざお》を構えて満面の笑みを浮かべている。ルアーに獲物が掛かったらしく、釣竿が大きく撓《しな》っている場面だった。

「画面をスクロールしてください。ほかの写真も見られますよ」

飯島の言葉にうなずき、赤城は指先で画面を右にスクロールしてゆく。魚を取り逃がしたらしく、顔をしかめた近藤の写真。大きなブラックバスを両手で抱えているシーンもあった。

「私、若い頃からカメラも趣味にしていましてね。愛用しているカメラは、ハッセルブラッドですよ」

飯島が自慢気に言った。

「もしかして、このときの写真を釣り雑誌に投稿しませんでしたか」

水沢の言葉に、飯島があっさりとうなずく。

「ええ、しましたけど」

赤城は、水沢とうなずきをかわして、さらに画面をスクロールすると、宿の駐車場で、白いBMWの前に立っている近藤清太郎の写真が目に飛び込んで来た。

「近藤さんの車ですか」

「ええ、彼はいつもうちで車を購入してくれていました。その前は、最高級のベンツも買ってくれました。彼はカー・マニアでね。それはM6といって、公道のスポーツカーと称される素晴らしい車ですよ」

その言葉に、赤城は水沢とともに、改めて広々とした《ロード・キング》のフロア内を見回した。

「それにしても、豪華なものですね」

飯島が笑みを浮かべ、言った。

「女房の親父がやっていた小さな店を引き継いだんです。相撲部時代の繋《つな》がりが幸いしました。この手の商売は、人脈が何よりものを言うんですよ。同じ釜の飯を食った同士というのは、何十年経っても気心が知れていますから」

なるほど、とうなずきながら、赤城はまた画面を切り替えてゆく。写真は、釣りの場面だけではなかった。レストランでの賑《にぎ》やかそうな会食の場面。ロッジでの焚火《たきび》風景。雪山を背景にした、ラウンジの光景。

やがて、また釣りの写真が現れた。近藤清太郎と飯島、それにもう一人の男性が映っている。赤城も顔を見たことがある有名人だった。次の頁に、近藤清太郎のベンツと別の二台の車の前に立つ、同じ三人の写真もあった。

「それも亀山ダムで撮ったものですよ。四年前の写真です。八月末の土日に一泊二日の休みを取って、近藤と亀山ダムへ釣行するのが、ここ十年ほどの恒例になっていたんです。むろん、今年も、この前の二十六日と二十七日に行ったばかりでした。――でも、そのイベントもおしまいですね」

最後の言葉を、飯島は俯《うつむ》き加減になり寂し気につぶやいた。

その言葉を耳にして、赤城は再びタブレットの画面に見入る。ざっと見ただけでは、近藤清太郎と殿山の関係に繋がりそうなものは、何も見当たらない。しかし、署に戻って、写真の細部や、人物の背景などについて、時間をかけて詳細に調べれば、何か手掛かりになるものが見つかるかもしれない。

赤城は水沢と目を見かわす。水沢がうなずくのを見て、赤城は飯島に言った。

「飯島さん、誠に恐縮なんですが、このタブレットを捜査のための資料として、しばらくの間、拝借できないでしょうか。むろん、正式な手続きを取らせていただきますので」

顔を上げて、飯島がうなずいた。

「ええ、ちゃんと返していただけるのなら、別に構いませんよ。それに、写真のデータは、すべて別のＳＳＤに保管してありますから」

五

「ええ、近藤さんとは、確かにお付き合いしていましたよ」

白石彩音が、平然とした顔つきで言った。

増岡は、彼女の向かい側のソファに腰かけている。隣のソファで、三宅が煙草の箱を破ったメモ用紙と鉛筆を手にして、居心地悪そうに黙り込んでいる。

そこは、六本木にあるタワー・マンションの三十畳ほどもある部屋だった。建物の十五階にあり、壁も高い天井も純白で、南側が眺望の開けた大きなサッシ窓になっており、はるか眼下に、麻布十番《あざぶじゅうばん》辺りの首都高速道路が見えている。

室内には白い巨大な革製のソファセットが置かれていて、六十インチはあろうかという薄型テレビが壁に掛けられていた。反対側のコーナーには、壁が鏡張りになったバーカウンターがあり、部屋のコーナーに据えられた、色絵と金彩で加飾された伊万《いま》里《り》と思われる大壺《おおつぼ》に、深紅のバラが一抱えほども生けられている。方々の壁に、抽象的な大きな油絵が掛けられていた。美術に詳しい香山主任だったら、これらの絵の作者が分かるかもしれないと思ったが、増岡にはまったく見当もつかない。

彩音は、そのソファに悠然と座っている。室内着なのかシルクらしき白いローブを身にまとい、髪は盛り髪に結っている。もっとも、化粧をしていないスッピンだ。

それでも、大きな二重の目や、高い鼻筋とふっくらした唇など、作り物のような整った顔立ちだった。もしかすると、かなり整形しているかもしれない。これからゆっくりと着替えて、銀座の店へ出勤するのだろう。

増岡は三宅とともにマンションを訪れて、一階のエントランス・フロアのインターフォンを通して、八月二十八日に西船橋駅近くで起きた傷害致死事件の捜査のための聞き取りをしたいと伝えたところ、オートロックが開錠されて、部屋へ通されたところだった。

若い女性を苦手としている三宅は、聞き取りの役目を、すぐに増岡に押し付けたのである。

「いつからですか、近藤さんとのお付き合いは」

増岡は訊いた。彩音は、むろん事件のことを知っていた。それでいて、憔悴《しょうすい》しているような気配は少しも窺《うかが》えない。

彼女が、すぐに肩を竦めた。

「五年前くらいだったかしら。そのころ初めて店に来てくれて、それから付き合いが始まったのよ」

「近藤さんは、どんな方でしたか」

「凄《すご》く気前がよかったわ。ゴルフによく行ったたし、しょっちゅう旅行にも連れて行ってくれたわ。ハワイとか、グアムとか。そうそう、タイのプーケットや、セーシェル諸島にも行ったわね。それに、お洒落《しゃれ》な人だったわ」

その言葉に、増岡はうなずく。S・Kファイナンスの川西から聞き取りを行った赤城たちも、捜査会議で同じことを報告していた。

その記憶に引きずられるように、増岡は別のことも思い浮かべる。事件現場から搬送された近藤清太郎の遺体は、病院で正式に死亡が確認された後、ただちに科捜研の担当者が調べた。その結果、彼が身に着けていたジャケットの背中部分に、何らかの液体が染みていたことが判明したのである。そこで、ジャケットの繊維をごく少量だけ採取して、それを《ニンヒドリン》という試薬に浸《つ》けてみたところ、青紫色に変色したという。この結果から、汗が付着していることが確認されたのだった。その後、すべての持ち物について、本格的な検査が行われたはずである。

それに、事件のあった日の午前中に、銀座にある近藤清太郎行きつけのテーラーの支配人が、新調したジャケットを事務所に届けに来ていたという川西の証言を、赤城が報告していたことも思い出される。死亡した近藤清太郎が身に着けていたのは、まさにそのジャケットだった。

しかし、そんな思念を振り払って、増岡は質問を続けた。

「近藤さんには、奥さんとか、ご家族はいらっしゃらなかったんですか」

彩音が、澄ました顔でかぶりを振った。

「あの人は完全な独身主義者よ。結婚には、まるっきり興味がない人だったわ。早くに両親に死なれて、兄弟もいないし、群馬の嬬恋《つまごい》でキャベツ農家をしている親戚《しんせき》に育てられたんですって。県内の公立高校を出て、大学まで行かせてもらったけど、いまではその親戚とも完全に縁が切れているって言っていたわ。ある意味で、孤独だったのよ。だから、一人の女性にだけ縛られるのを嫌がるくせに、一人でいるのも好きじゃなかったわね」

彩音が、しんみりとした口調で言った。

増岡は無言でうなずく。加害者となった殿山も、香山が面談した元妻の証言によれば、人と縁の薄いことをひどく淋《さび》しがっていたという。だが、被害者の近藤清太郎も、やはり孤独な人間だったのだ。

やりきれない思いを感じたものの、訊《き》くべきことはまだあるのだ。そう思いなおして、増岡は身を乗り出して言った。

「釣りのことで、近藤さんは何かおっしゃっていませんでしたか」

「釣り？」

「ええ、ブラックバス釣りが、近藤さんの趣味だったんでしょう。昨年の八月末に、君津市の亀山ダムに釣行されたそうですけど、そのことについて、白石さんは何かお聞きになっていませんか」

「いいえ、まったく何も聞いていないわ。そっちの方は釣り仲間がいたし、釣りに全然興味のない私に話しても、無駄だと思ったんでしょう。——私ね、釣り上げたお魚の口に釣り針が刺さっているあれが、とっても苦手なのよ」

彩音が、嫌そうな顔つきになった。

「釣り仲間？　それはどういう方ですか。名前をご存じですか」

「ええ、その人もうちの店のお客さんだから、知っているわ。飯島久信さんよ」

その名を耳にして、増岡は一瞬、三宅と目を見かわす。一年前、近藤清太郎が亀山ダムへ行ったときに、同行していた人物にほかならない。ちょうど今頃、赤城と水沢が、その飯島に聞き取りを行っているはずだ。

増岡は質問を続けた。

「その方のご職業は？」

「車のディーラー。お店は、目黒にあるわ。——その飯島さんの影響かもしれないけど、近藤は二年くらい前からカメラなんかもいじるようになっていたわね」

言いながら、近くのサイドボードの上に置かれている小型のデジカメを、彩音は顎《あご》をしゃくって指し示した。

「あれが、近藤が持ってきたカメラよ」

そのデジカメを見つめて、増岡はうなずき、質問を続けた。

「近藤さんが人から恨まれていたとか、揉《も》め事になっていたとか、そういったことはありませんでしたか」

「ええ、一度だけ、聞いたことがあったわ。ちょっとした揉め事があって、摸造刀で襲い掛かって来た男がいたんですって」

その言葉を聞いて、増岡は、思わず三宅と顔を見合わせた。S・Kファイナンスの川西から聞き取りをした赤城と水沢が、同じ内容を報告していたことを思い出したのである。

「その人物の名前を、ご存じですか」

「知らないわ。興味なかったから、それ以上訊かなかったし」

すると、それまで黙り込んでいた三宅が、おずおずと口を開いた。

「白石さん、最近、近藤さんと話されたのは、いつでしたか」

「いつって、それは事件のあった日よ」

「どんなことをお話しになったんですか」

「あの日、近藤はうちに来ることになっていたの。うちに来る日は、彼はいつも会社から電話してくるのよ。だって、こっちも仕事を休む都合があるから」

「それは、何時頃のことですか?」

「午後五時ちょっと過ぎだったと思うわ」

「そのとき、近藤さんは何かおっしゃいましたか」

「いつものように、午後七時過ぎに会社を出るって言っていたわね」

増岡は頭の中で、素早く時系列を辿《たど》る。当日の午後五時過ぎ、近藤清太郎は社長室から白石彩音に電話を掛けている。午後六時、殿山は《精肉店タカハシ》を早引けすると、近くの炉端焼き店で三杯のハイボールを一気飲みして、十分ほどで店を出た。午後七時二十分過ぎ、近藤清太郎は自社のある《清和ビル》の非常口から路地へ出る。そのとき、殿山と何らかの揉め事が発生したのだ。

でも、ちょっと待って――

増岡は、時系列にわずかな齟齬《そご》があることに気が付く。炉端焼き店から出た殿山が、千葉駅まで普通に歩いても、たぶん数分とかからないだろう。帰宅時間帯で、電車はすぐに千葉駅のホームに入って来ただろうから、西船橋駅に降り立つのは、遅くとも六時四十分か五十分頃だったのではないか。そこからあの路地までは、たぶん五分とかからない。

そこまで筋道を辿ってみて、増岡は一つの想定に辿り着く。殿山は、清和ビルの非常口の外で、建物から出てくる近藤清太郎を、三十分くらいの間、息を殺して待ち構えていたのではないだろうか。とすれば、殿山は、やはり意図的に近藤清太郎を襲ったことになる。

そして、非常口から出て来た近藤清太郎を、いきなり骨スキ包丁で斬りつけたのだ。それが被害者の左頰に残されていた掠《かす》り傷で、三宅が耳にした最初の悲鳴も、間違いなく、そのときのものだったのだろう。だが、近藤清太郎は持ち前の豪胆さで、すぐさま殿山に向かって反撃し、《何しやがるんだ、この野郎》という怒声を発したのだ。

ところが、次の瞬間、ひどく苦し気な呻《うめ》き声が聞こえたという。慌てて路地の角を右へ曲がった三宅は、街灯のある電信柱の横に尻餅《しりもち》をついた姿勢のまま、呆然《ぼうぜん》とした顔つきをしている殿山と、体の大きな近藤清太郎が、二メートルほど先の路面に仰向《あおむ》けに倒れ込むのを目にしている。

すべてが、ぴたりと当て嵌《は》まる――

いいや、違う――

それだと、辻褄《つじつま》が合わない。

近藤清太郎は、自分に襲い掛かって来た夫婦者の夫を殴り倒して前歯を折り、妻の方を階段から蹴《け》り落としたほどの猛者《もさ》ではないか。赤城たちがS・Kファイナンスの川西から聞き取りしたという証言も思い出される。

《大学時代、相撲部に所属していたんで、見た目も大柄だけど、腕っぷしがめっぽう強いんですよ》

たとえ、出会い頭に頬を斬られるという油断があったとしても、学生時代に相撲部で鳴らした近藤が、いざ本気で反撃に移ったとしたら、しかも、手傷を負ったことで怒りが爆発したとしたら、小柄で気の小さな、そのうえ酒に酔っていたという殿山に、易々と刺されたりするだろうか。しかも、小柄な殿山にとっては、極めて刺しづらい喉元《のどもと》という部位を、凶器の骨スキ包丁が貫通しているのだ。

考え込む増岡を、彩音が不思議そうな顔つきで見つめていた。

六

狭い部屋の中で、飯島久信と白石彩音からの聞き取りの説明を終えると、香山はさらに言葉を続けた。

「警察の捜査というものは、どれほど勇んだ気持ちで取り掛かったとしても、進捗《しんちょく》がなかなか見えてこないというのが、ごく当たり前なんです。このときも、私たちの捜査の進展は実に遅々としたもので、明確な手掛かりや決め手となる証言がなかなか見《み》出《いだ》せませんでした。――でもね、小田嶋さん、人間が一つのことに死に物狂いになっていると、ときに思わぬ僥倖《ぎょうこう》に恵まれることもあるんですよ」

「思わぬ僥倖――」

つぶやくように、小田嶋が繰り返した。

その顔に、それまでは見られなかった、かすかな緊張のようなものが貼り付いている、と増岡は思った。

香山が、深々とうなずく。

「ええ、文字通り、あれは天の配剤だったのかもしれません。しかも、そうしたものが二つもあったんです」

「二つ――」

「一つ目は、言ってみれば、コロンブスの卵のようなものでした。つまり、気が付いてしまえば、なんだ、ごく当たり前の事実に思い至っただけじゃないか、という簡単な事件に対する見方だったんです」

「それは、どういう意味ですか」

「つまり、殿山と近藤さんの間に確執が生じて、その直後に殿山の娘が溺死《できし》したことが事実だったとしても、それだけでは、殿山が凶行を決行するに至ることは、絶対にあり得ないということですよ」

言うと、相手の反応を待つように、香山は黙り込んだ。

だが、小田嶋は顔つきを変えず、口を閉じている。

不用意な発言をしてしまうことを用心しているのかもしれない、と増岡は思う。

すると、痺《しび》れを切らしたように、香山が口を開いた。

「どうしてなのか、鋭いあなたなら、とっくにお分かりのはずですよね。もしも、近藤さんが娘の溺死に関わっていることを知っていたら、一年前の亀山ダムで、駆けつけた警察官に、殿山がそのことを必死になって訴えないはずがないんですよ。娘を死に追いやったのは、あいつだ。すぐに逮捕して、とっとと死刑にしろ。娘を自分の命のように思っていた殿山なら、そんなふうに激しく憤って警察官に食って掛かるのが当然でしょう。しかし、実際の殿山は、娘の溺死は自分のせいだったと、ひたすら詫《わ》び続けていただけでした」

「ちょっと待ってください」

そのとき、小田嶋が初めて大きな声を発した。

「何でしょう」

「そのことなら、簡単に説明がつくんじゃないでしょうか」

「それは、どんな説明でしょうか」

「殿山は、ネット・オークションに釣り関連のものをすべて出品して売り払ったのに、釣り雑誌だけは自宅に残していたんでしょう。その雑誌の読者投稿欄に、近藤が写った写真が掲載されていて、それがまさに一年前の八月二十八日の亀山ダムでブラックバスを釣り上げたものだった。しかも、釣り上げたポイントは、湖面に立つ鳥居のそばで、時刻は午前十一時半頃だったと、あなたはさっきそう言ったじゃありませんか。しかも、その直前に、殿山と近藤の間には、相当に険悪な揉《も》め事があったんでしょう。だから、殿山はそのことを覚えていて、少しの不思議もないと思いますけど」

小田嶋の口調が、それまでよりもずっと早口になっていた。しかも、《殿山》《近藤》と無意識に呼び捨てにしており、いつの間にか、その額に汗が光っていることにも、増岡は気が付いた。

香山が言った。

「ええ、確かにそうです。しかし、その写真を目にしただけで、娘の溺死に近藤さんが直接に関わっていると、果たして殿山は考えるでしょうか。言い換えれば、娘の死という事態が生じた直接の原因が、自分と近藤さんとの間で起きた確執にあったという因果関係の筋道を、殿山が知ることがなければ、あの事件は起こり得なかったはずなんです。しかも、私たちは、最も肝心な点を見落としていました」

「最も肝心な点？」

小田嶋が、かすかに眉間《みけん》に皺《しわ》を寄せた。

香山がうなずく。

「ええ。一年前の八月二十八日、殿山は近藤清太郎さんと揉め事を起こしました。しかし、二人の周辺をどれほど調べてみても、それ以前はもとより、それ以降も、両者が何らかの接点を持っていたという事実は、ついに確認できませんでした。言い換えれば、殿山と近藤清太郎さんは、互いに名前も住所も知らない見ず知らずの間柄だったわけです。にもかかわらず、殿山は一年後の八月二十八日に狙い澄ましたように、近藤清太郎さんの会社の裏手で襲い掛かっている。ただ一度だけ、亀山ダムで口喧嘩《くちげんか》した見知らぬ他人の仕事場や日々の動静という情報を、殿山はどうやって知り得たのでしょう」

小田嶋が、無言のまま肩を聳《そび》やかす。分からない、というジェスチャーだ。

香山がさらに言った。

「この推理の筋道と疑問を、さらに一歩進めるなら、あの事件が起こるためには、何者かが、その二つをわざと結び付けて、それを殿山に巧妙に吹き込む必要があったのではないでしょうか。しかも、それを吹き込んだ何者か——ここでは、第三の人物ということにしておきましょう。その第三の人物も、殿山を唆さなければならない拠《よんどころ》無《な》い動機を抱えていなければならなかったはずです。単なる物好きだけで、他人を破滅に追いやる人間がいるなんて、飛躍の度が過ぎた想定と言わざるを得ませんからね。だとしたら、その拠無い動機とは、どのようなものだったのでしょう。それを見極めるために、近藤清太郎さんについて、私はあらためてじっくりと考え直してみたんです。死者に鞭打《むちう》つつもりはありませんが、かなりあくどい商売も辞さない人物だったと考えて、大きく外れるものではないでしょう。S・Kファイナンスの社員である川西さんの言葉を、小田嶋さんは覚えていらっしゃいますか」

「いったい何のことですか」

「川西さんは、うちの捜査員にこんなことを言っていました。——借金を重ねる高校教師に社長が不審を抱いて、知り合いの調査員にこっそりと調べさせたらしい、と。そして、不倫相手の夫から、高校教師が強請《ゆす》られていると知ったとき、自分も便乗して、ひと稼ぎしようとした、とも。恐喝は、強請られる側に、公に絶対知られては困る弱みがありますから、なかなか露見しません。しかも、脅しのネタを、相手が絶対に見つけられない場所や、手を出せない場所に隠しておけば、追い詰められた相手も実力行使に出られない。警察官の私が言うのも何ですが、犯罪として、実にうまくできているわけです――」

香山が言葉を切ったものの、小田嶋は無言のままだった。

すると、香山が続けた。

「――そこまで思い至ったとき、川西さんが話していたという別の言葉が、脳裏に甦《よみがえ》ったんです。それは、おおよそこんな感じの内容でした。――小さなファイナンスは、景気の動向をいささかでも見誤ると、たちまち駆逐されてしまう。三年半ほど前、S・Kファイナンスはかなり危ない状況に陥ったが、どんな手段を使ったのかは分からないものの、近藤さんが半年ほどで見事に立ち直らせた、と。小田嶋さん、あなたも事業を手掛けられているのですから、川西さんの指摘に十分に納得されることと思います。では、近藤さんは、いったいどんな手段を用いて、そんな起死回生を可能にしたのでしょうか」

言うと、香山が再び黙り込んだ。

するると、手の甲で額の汗を拭《ぬぐ》い、次にハンカチで掌《てのひら》を拭った小田嶋が、我慢しきれなくなったように口を開いた。

「どうやら、会社の経営に苦慮していた近藤が、誰かを恐喝して、その金で会社の経営を立て直したとでも考えていらっしゃるようだ。しかも、脅されたその相手が追い詰められて、殿山を唆し、近藤を刺すように仕向けたとおっしゃりたいようですけど、それはいささか強引な論法だと思いますね」

「どこが、強引な論法なんでしょうか」

「だって、あなた方が捜査を行うまで、近藤と殿山との間に確執があったことなんて、ボート屋の店員以外は、誰も知らなかったんでしょう。たとえ、近藤が写っていた投稿写真の日時が、昨年の八月二十八日の午前十一時半頃で、場所が亀山ダムの湖面の鳥居近くだったという記載があったからといって、それを、その二人の確執に結び付けて、教唆の材料に仕立てることができる人間なんて、いないじゃないですか。まさか、そのボート屋の若者が教唆犯だったと言いたいんですか」

「いいえ、そうとも言い切れませんよ」

間髪容《い》れぬ香山の言葉に、室内に沈黙が落ちた。

虚を衝《つ》かれたように、小田嶋も返す言葉がないらしい。

香山が、おもむろに口を開いた。

「ロード・キングを経営されている飯島さんの言葉を覚えていますか。彼はこんなふうに言いました。——八月末の土日に一泊二日の休みを取り、近藤さんと亀山ダムに釣りに行くことが恒例になっていた、と。つまり、この恒例行事を知っていた者なら、近藤さんの動きを予想できるんです。そして、亀山ダムでたまたま発生した殿山と近藤さんの諍《いさか》いの場面さえ、その人物なら、十分に目撃者になり得る。もしかすると、その人物は、ことあるごとに近藤さんを尾行して、あの人の息の根を止めるための計略に利用できそうな出来事が起きないか、執拗《しつよう》に監視を続けていたのかもしれない。無関係の他人を唆して、自分にとってひどく目障りな人間を始末させようというのですから、そんなお誂《あつら》え向きの材料が、一朝一夕で手に入るわけがありませんしね。それはともかく、二つ目の僥倖《ぎょうこう》とは、冒頭でご説明したコンビニの立て籠《こ》もり事件にほかなりませんでした。その事件の経緯については、覚えているでしょうね」

「ええ、もちろん」

うなずいたものの、小田嶋の顔にかすかに当惑の表情が浮かんでいる。

「殿山の一件でここの刑事課が忙殺されている中で、あちらの事件についても、それなりに事態が進行しました」

「ほお、どんなふうにですか」

余裕を取り戻すためなのか、無造作に脚を組みかけて、ハンカチでしきりと掌を拭きながら、小田嶋が落ち着いた口調で言った。

「逮捕された若い男については、署で取り調べが行われ、四十八時間後に正式に送検されました。そして、検察に送られた被疑者について、すぐに検事による取り調べが開始されたんです。その過程で、事件の対応に当たった本署に、様々な形での事後の協力要請がありました。すると、その過程で、殿山の事件について、まったく想定外の発見があったんですよ」

その刹那《せつな》、小田嶋の喉仏《のどぼとけ》が大きく上下するのを、増岡は見逃さなかった。

七

「検事さん、どうぞこちらです」

船橋署の廊下を先に立って、赤城は友田《ともだ》検事を案内していた。これから、庶務課の資料室へ行って、八月二十八日に発生したコンビニの立て籠もり事件について、ある証拠の再確認が行われることになっている。

「逮捕された男の公判は、いつ頃始まりそうですか」

赤城が歩きながら言うと、肩を並べていた友田が、渋い顔つきで言った。

「検察が勾留《こうりゅう》を決定した事案というものは、たいていひと月かひと月半後に、裁判が始まるものです。しかし、逮捕されたあの若い男は、いまのところこちらの取り調べに散々抵抗しておりましてね、勾留期間をさらに十日間延長する羽目になりそうです。そのうえ、ここのところ他の事案もかなり立て込んでいますから、ズルズルと遅くなってしまうかもしれませんな」

友田は銀縁の眼鏡を掛けており、黒々とした髪を綺麗《きれい》に七三分けにした、顔の四角い男だ。いかにもエリートらしく、仕立てのいい濃紺の背広を隙もなく着こなしており、ズボンには綺麗に折り目が通っている。右腕には、高級そうな明るい色の革鞄《かわかばん》を抱えている。年齢は、たぶん五十代半ばだろう。

「あの男に対する求刑は、どの程度になりそうですかね」

赤城の言葉に、友田が真剣な顔つきになる。

「女性店員を盾にして立て籠もりを行っていますので、《人質強要罪》が確実に成立しますから、六か月以上十年以下の懲役刑は堅いでしょうな。そのほかに、犯行に際して凶器が使用されていますので、《銃刀法違反》も加わるはずです」

話すうちに、二人は庶務課の資料室のドアに近づいていた。

「こちらです」

赤城はドアを開けた。そして、先に室内に入ると、蛍光灯を点《つ》けた。捜査資料類が日光で傷まないように、昼間でもすべての窓にブラインドが下りているのだ。

「それでは失礼します」

言いながら、友田も足を踏み入れた。

資料室は二十畳ほどの部屋で、オフホワイトのスチール製の書棚だけが何列にも設《しつら》えられている。その棚に、段ボール箱がずらりと並んでいた。管内で発生した事件や事故についての記録や資料は、すべてここに保管されるのだ。室内に、かすかに埃《ほこり》臭い空気が籠《こも》っている。

「それで、検事さんが再確認したいという証拠は、いったい何でしょうか」

赤城の言葉に、友田が言った。

「コンビニの店舗の外側に取り付けられていた防犯カメラの映像です。犯人の男は刃物を所持していましたが、あの犯行にどの程度の計画性があったのか、そこのところを具体的に裏付ける材料を、もう一度確認しておきたいと思いましてね。取り調べの結果、犯人は半月前に袖ケ浦《そでがうら》市内の機械部品工場をクビになって、それ以来、職に就いていませんでした。手持ちの金も底をついて、事件の二日前から何も口に入れていなかったようです。つまり、所持金もないままコンビニに入って、咄嗟《とっさ》に思いついただけの行きずりの犯行なのか、それとも事前に計画していたものか、そのあたりの事情で判決が微妙に変わって来る可能性がありますから」

赤城はうなずいた。逮捕された犯罪者が送検されると、同時に関連するすべての証拠類も所轄署から検察に引き渡されることになる。しかも、必要に応じて、担当検事からの依頼により、さらなる補充捜査が行われることもある。

しかし、証拠類の確認と内容分析が済むと、個人や会社などから自主的に供出してもらう形で押収した証拠物件は、警察からいずれそれぞれの持ち主に返却されることになる。立て籠もりが発生したコンビニの店舗の内外に設置されていた防犯カメラのデータを収めたハードディスクも、そうした物件にほかならなかった。

赤城は一つの書棚に近づくと、そこに置かれていた大きな段ボール箱を抱えて、部屋の入り口横に設置されている作業テーブルへ運んだ。箱に貼られているラベルには、《西船橋駅前コンビニ立て籠もり事件》と記されていた。布製のガムテープを剝《は》がして、段ボール箱を開けると、中に黒い表紙の捜査記録とともに、ハードディスクが入っていた。彼はそれを取り出して、言った。

「映像の再生装置は、隣の部屋にありますので、そちらへ移動しましょう」

「ええ、そうですね」

友田がうなずいた。

十四インチのモニター画面に、防犯カメラに収録されている映像が映し出されている。バサバサの茶髪の若い男が、檻《おり》の中の熊のように、コンビニ前の歩道を行ったり来たりしている。

車の通過音が響くその映像を、赤城は友田とともに見つめている。店舗の外の防犯カメラは、コンビニ入り口右側の庇《ひさし》の角に、吊《つ》り下げられる形で設置されていた。そのため、カメラのやや広角になった視界に、店舗のガラス張りの自動ドアと、店舗沿いの道が映し出されている。

道路を、こちら側へ走って来る車の眩《まぶ》しいライト。

歩いて近づいて来る初老の男性。

向こうに歩み去ってゆく、二人組の若い女性たちの後ろ姿。

原付バイクが、けたたましい音を立てて、防犯カメラの画面を横切った。

そのとき、道路の向かい側の路地から、ふいに男が走り出してきた。

その間も、コンビニの自動ドアを、何人もの客が出入りしている。

やがて、犯人の若い男が、意を決したようにコンビニの前の歩道から店内に入って行った。

「やはり、犯人は相当な決意を固めて、犯行に及んでいるようですな」

手元でメモを取っていた友田が、重々しい口調で言った。

その判断の理由は、赤城にも容易に察することができた。犯人がコンビニの外をうろついていたのは、単に犯行を躊躇《ためら》っていただけではなく、明らかに店内の客の数や男女の別を確認していたと考えられる行動と判断せざるを得なかったのである。

事実、店内に男の客が二名いたときには、彼は外の歩道で煙草を喫《す》っていた。そして、その二人が買い物を終えると、すかさず煙草を捨てて、店内に入ろうとした。すると、女子高生らしき三人組が喋《しゃべ》りながら店に入ってしまった。途端に、男は店内へ入ることをやめてしまったのだ。あまりにも、見え透いた行動だった。やがて、三人組が店を後にして、一人の中年女性が店に入った。続けて、新たな女子大生が自動ドアを通り抜けた。そのときになって、犯人の男もやっと動いたのである。

「とても参考になりました。これで、安心して公判に臨めますよ」

納得したという顔つきで、友田が言った。

「そうですか。お役に立ててよかったです」

言いながら、再生装置の《ＲＷＤ》のスイッチを押して、何気なくモニターに目を向けた赤城は、一瞬画面に映ったものに目が釘付《くぎづ》けになった。

彼はすぐに《ＳＴＯＰ》のスイッチを押す。

しばらくしてから、再び《ＰＬＡＹ》のスイッチを押して、画面に目を近づける。

「どうかなさったんですか」

赤城のただならぬ様子に気が付いたらしく、友田が言った。

「検事さん、あの立て籠《こ》もり事件の起きた同じ日に、現場近くで別の傷害致死事件が起きたことを、ご存じですか」

　モニター画面から目を離さぬまま、赤城は言う。

「ええ、存じています。しかし、あれは《不起訴裁定書》が作られるという結論となったはずでしょう」

　そのとき、赤城は、動いていた映像を止めた。

　そして、画面にさらに目を近づけ、そこに映し出されている静止画像を凝視する。

　画面左上に、電光の数字で〇・一秒単位まで掲示されている時刻の表示も確認する。

　やっぱり、見間違いではない――

　赤城は、友田に顔を向けた。

「確かに検事さんのおっしゃる通りです。しかし、たったいま気が付いたことなんですが、この防犯カメラの画像に、あの事件の真相に繋《つな》がりそうな重大なものが映り込んでいるんですよ」

「真相に繋がりそうな重大なもの？」

「ええ、これです」

　赤城の言葉に促されて、友田がモニター画面に再び顔を近づけた。

八

「赤城は、そこで、いったい何を見つけたと思いますか」

香山の声が、狭い室内に響いた。

だが、小田嶋はしばらく無言だった。それでも、やがて、おもむろに口を開いた。

「そんなこと、私に分かるわけがないでしょう」

増岡は鏡に目を向けて、その表情をじっと見つめる。唇を真一文字に閉じた顔が、かすかに紅潮していた。よく見ると、その視線が、小刻みに揺れている。この部屋に入って来た当初、目の前の男はいかにも落ち着き払った態度だった。だが、香山の説明が続くうちに、次第にその平静さが失われてきたのである。

香山が言った。

「コンビニ前の通りの向かい側に狭い路地があり、そこから飛び出してきた男の顔を見て、赤城は思わず息を呑《の》んだそうです。なぜなら、彼はその顔をテレビで見たことがあった上に、最近、別の意外な場所でも、その人物を目にしたばかりだったからです。それは、近藤さんの大学以来の友人である、飯島久信さんからお預かりしたタブレットにデータとして残されていた写真の男性にほかなりませんでした」

言いながら、香山は手元から二枚の写真を差し出して、小田嶋の前のデスクに置いた。そして、そのうちの一枚を指差して言った。

「これが、防犯カメラに映っていた、路地から飛び出してきた人物の顔を、拡大してプリントしたものです」

そこに写っていた男性は、綺麗《きれい》に整えられた弓形の眉《まゆ》、くっきりとした二重の目、鼻筋の通った形のいい鼻、大きすぎない唇、均斉の取れた面長の顔。顎《あご》の左側に大きなほくろがあり、外国人のように顎先がかすかに割れている。

小田嶋がかすかに身を震わせたことに、増岡は気が付いた。

それに構う様子もなく、香山がさらに続けた。

「そして、もう一枚が、飯島さんのタブレットにあった写真を複写したものです。四年前にも、近藤清太郎さんと飯島久信さんは、いつものように亀山ダムへバス釣りに赴いています。――そのとき、小田嶋さん、あなたも二人とご一緒だったんですね」

顔を動かさずに、小田嶋が視線だけをその二枚の写真に向ける。それから、視線をつと上げると、それまでとまったく変わらない口調で言った。

「ええ、そうですよ」

「しかし、あなたは最前、私が近藤清太郎さんの写真を見せたとき、知らないという趣旨の返答をされましたよね」

「ええ、それが何か？」

「どうして、否定なさったんですか」

すかさず綺麗に並んだ白い歯を見せて、小田嶋が言った。

「偶然知っていただけですし、余計なことを口にして面倒なことになっても、つまらないと思いましてね。いけませんでしたか」

「しかし、亀山ダムへの釣行はともかくとして、この八月二十八日に、殿山が近藤さんを襲った路地から、あなたが飛び出して来たことは、偶然だったというだけで済まされるような問題ではないでしょう。しかも、あなたが表通りに姿を現した時刻は、防犯カメラに残されていた記録によれば、午後七時二十二分でした。つまり、殿山の手にしていた骨スキ包丁が、近藤さんの喉《のど》に刺さった直後ということになる」

するとと、小田嶋が一つ大きく息を吐くと、低く抑えた声で言った。

「だから、いったいどうだというんですか。殿山は近藤を刺したことを、はっきりと認めたんでしょう。しかも、その自白を直接耳にした証人は、こちらの署の警察官だったというじゃないですか。つまり、これほど盤石の証人はほかにいないはずだ。にもかかわらず、たまたま事件現場近くにいたというだけで、私までが何かの罪に問われるんですか。――いいや、そんなことは、この際どうでもいい。ここへ来たときから、どうでもいいような細々とした理屈ばかりを並べていますけど、そろそろ本当のことを言ったらどうなんですか」

　その声は、けっして大きくなかった。しかし、これまでの穏やかな様子から一変して、いまや、その口調に明らかに攻撃的な響きが籠《こも》っていることに、増岡は驚きを禁じ得なかった。

　だが、一拍の間があり、香山がまったく動じる様子もなく口を開いた。

「いいでしょう。だったら、私が考えていることを、ここらでお話ししましょうか。この八月二十八日に西船橋駅近くで、殿山が起こした事件は、当初、まったく単純な傷害致死と思われました。ところが、これまで説明してきたように、私どもの捜査によって、突発的な揉《も》め事の末の衝動的な出来事とはとうてい考え難い、複数の不審点が明らかになってきました。そして、その疑念を繫ぎ合わせてみると、殿山は極めて明確な意図を持って周到に準備し、近藤清太郎さんを刺そうとしたのではないか、という構図が浮かび上がってきたのです。とはいえ、私たちが思い描いたこの筋道には、一つだけ決定的なピースが欠けていました。殿山が近藤さんを恨まなければならない理由が、どこにも見当たらないという点です。亀山ダムで、殿山と近藤さんの間に、どれほどの険悪な確執があったからといって、そして、娘が溺死《できし》したときに、近藤さんがすぐ近くにいたからといって、それだけでは、殺意が生ずる道理がないんです。しかし、そこに別の要素が加わったとしたら、どうでしょう」

「別の要素――」

「ええ、それはあなたです、小田嶋さん」

「私に、いったい何の関係があるっていうんですか」

平然たる口調だった。

それでも、室内にそれまでになかったほどの緊張感が張り詰めているのを、増岡は感じた。そして、改めて、香山の後ろ姿に目を向ける。

この船橋署の刑事課に配属されて、刑事としての事件捜査のイロハというものが少しだけ分かって来た頃から、彼女には、このベテラン刑事が常に挑んでいるものが見えて来たような気がしたのである。

事件捜査とは、犯人側が守るに易く、警察側が攻めるに難い、《戦い》と譬《たと》えることができる。しかも、攻め手である警察が、犯人側を攻略する手段としての《武器》をほとんど持たない場合も珍しくないのだ。犯行を裏付ける確固たる《物証》。犯人が凶行に奔《はし》ったり、証拠隠滅を図ったりしている場面の《目撃者》。そして、犯人が犯罪に手を染めざるを得ない《動機》。相手を攻めるための、こうした武器や強力な装備をほとんど持たないまま、凶悪で悪知恵に長《た》けた犯罪者たちと真正面から対峙《たいじ》して、考え得る限りのありとあらゆる手段や戦略を駆使して、難攻不落の城塞《じょうさい》を陥落させようと挑みかかるのが、香山主任なのだ、と。

その香山が、再び口を開いた。

「単刀直入に申し上げましょう。あなたは、近藤清太郎さんから、ずっと強請《ゆす》られていたのではありませんか」

「何を、馬鹿なことを」

一転して、呆《あき》れたという表情を浮かべ、小田嶋がかすかにおどけたような口調で言った。

「いいえ、少しも馬鹿なことではありません。そう考えると、すべての辻褄《つじつま》がピタリと合うんですよ」

その言葉に、小田嶋が目を眇《すが》める。その瞬間、彼の纏《まと》う空気が明らかに変化したのを、増岡は肌で感じた。

小田嶋は唇の端に侮蔑を含んだような嗤《わら》いを浮かべ、ゆっくりとうなずき、言った。

「なるほどな。やっと納得が行ったよ。捜査に協力してほしいなんて、見え透いた口実で呼び寄せておいて、そっちが思い描いた好き勝手な筋書きに沿って、俺を無実の罪に陥れようという魂胆だったってわけか。ふん、面白い。それなら改めて、どう辻褄が合うのか、説明を聞こうじゃないか。ただし、最初に念を押しておく。殿山と近藤が、何の証言も残さずに死んだという厳然たる事実がある以上、そして、殿山が、近藤を刺して死に至らしめたことを、逮捕した警官にはっきりと告白して、そのことを示す証拠以外に、何の証拠も証人もないという状況下では、くだらない推定や、想像で固めた論拠などは、一切通用しないからな」

小田嶋は、射るような眼差《まなざ》しを香山に向けていた。

口調も雰囲気も、これまでとはまるで別人のような小田嶋の様子に、増岡は圧倒される思いだった。しかし、そんな中でも香山の態度は揺るがない。

「むろんです。それでは、私の説明を始めましょう。——近藤さんが刺されて亡くなられた西船橋駅近くの事件現場に、あなたがいたことを裏付ける防犯カメラの映像と、四年前に亀山ダムへ近藤さんたちと釣行に赴いた事実を示す写真が存在していた以上、私たちは、あなたについても調べざるを得ませんでした。犯罪被害者と密接な関わりのあった人間については、一人の例外なく調べるのが捜査の鉄則ですからね。そこで、私たちはまず、あなたと近藤さんの関わりについて、聞き込みを開始しました」

大きく息を吸うと、増岡は、息詰まるような思いで、小田嶋と香山を見つめる。

最大の《攻城戦》の幕が、たったいま切って落とされたのだ。

第五章

一

「この人なら、確か君島《きみじま》さんと一緒に来社しましたね」

S・Kファイナンスの川西が、手にした写真から顔を上げて言った。

「君島さん?」

赤城が首を傾げる。隣で、水沢が執務手帳に無言でメモを取っている。三人は、S・Kファイナンスの応接室のソファで対座していた。

「ちょっと待ってくださいよ」

川西はそう言い、小田嶋の顔が写った写真をローテーブルに置くと、ソファから素早く立ち上がり、隣の部屋に通じるドアを開け、奥へ向かって声を掛けた。

「おい、佐々木、融資関連のファイルをすぐに持って来いや」

やがて、分厚いバインダーを受け取ると、ソファに戻ってきた。バインダーに挟み込まれている書類を慣れた手つきで繰っていたが、あるところで手を止めると、顔を上げた。

「この人です」

差し出されたバインダーを、赤城は受け取り、見開きの頁に目を向けた。水沢も横から覗《のぞ》き込む。それは、「融資依頼書」だった。宛名は《S・Kファイナンス　代表取締役社長　近藤清太郎》、差出人は《ヘアー・サロン　フローラ・グループ代表取締役社長　君島春子《はるこ》》となっていた。この手の書類は、たぶんファイナンス会社にとっては絶対に部外秘だろうが、社長の近藤清太郎が刺殺された一件の捜査ということで、川西も手の内を曝《さら》す気になったのだろう。

「この方と一緒に、ここへ来られたわけですね。それは、いつ頃のことですか」

赤城の言葉に、川西は言った。

「書類の日付にあるように、四年ほど前でした。その少し前に、君島さんはご主人を亡くされて、事業を引き継いだんですよ。それで、仕事上の付き合いのあった社長に、その挨拶《あいさつ》をすることと、新たな融資の依頼に見えたというわけです。そのとき、一緒に来たのが、この人でした」

川西は言うと、ローテーブルに置かれた小田嶋の写った写真を、顎《あご》でしゃくった。

「どのような立場だったんですか」

赤城の質問に、川西はソファに背を預けて、首を傾げた。

「さあて、君島さんは何て言ってたんだっけか。——あっ、そうそう、相談役だと紹介されましたっけ」

「相談役ですか」

「ええ、君島さんは、あんなことでご主人に死なれてしまい、たぶん、心細くなっていたんでしょう。——それに、この小田嶋って人、かなりの二枚目でしたしね」

「あんなこと？　いったい何があったんですか」

赤城の言葉に、川西が眉《まゆ》を持ち上げた。

「おや、刑事さんでも、ご存じないんですか。オーナーだった君島宗治《むねはる》さんが、この小田嶋さんの前に千葉市本店の店長だった、松崎徹《まつざきとおる》っていう野郎に、店の事務室で刺殺されたんですよ」

赤城は水沢と顔を見合わせたものの、すぐに言った。

「どうして、松崎は、オーナーを刺したりしたんですか」

「詳しい事情は知りませんけど、経理上の不正があったらしくて、オーナーが抜き打ちで店舗を訪問したんだと聞きましたけど。そのとき、たまたま帳簿を改竄《かいざん》していた松崎が、咄嗟《とっさ》に刺したらしいんですな。ほら、よくあるじゃないですか、ついカッとなって、気付いたときには刺してしまっていた、なんて事件が」

なるほど、と赤城はうなずき、すぐに言葉を続けた。

「あなたの目から見て、小田嶋という人は、どんな感じの人でしたか」

川西がまたしても眉を持ち上げて、肩を竦《すく》める。

「気障《きざ》な二枚目で、いかにも女にもてそうな感じがしましたね」

かすかに不愉快そうに、川西は言った。

「私たちがお聞きしたいのは、そういうことではなく、人柄とか、仕事ぶりとか、そういう点についてのあなたの感想ですよ」

「ああ、そのことですか。しいて言うなら、頭の回転がひどく速い野郎だなって思いましたね。社長が融資についての説明をしていると、君島さんの耳元で、ときおり囁《ささや》くんですよ」

「囁く？」

「社長が融資条件に忍ばせているトラップを見抜いて、君島さんに素早く注意を促すってわけです。まっ、ファイナンスの融資なんてものは、キツネとタヌキの化かし合いみたいなもんだから、取り立てて珍しいことじゃありません――」

お得意の野卑な笑みを浮かべ、川西が言い、さらに言葉を続けた。

「――そうそう、やたらと口が上手《うま》いと思ったことも覚えていますよ。せっかく仕込んでおいた融資条件の罠《わな》を見破られるんですから、社長が面白くないのは当然なんですけど、こいつは話を巧みに別のことに持って行って、その場を険悪な雰囲気にさせないんです」

写真の方を顎でしゃくるようにして、川西は言った。

「ほう、別のことですか」

「ええ、社長が日焼けしているのを目にして、釣りをやられるんじゃありませんか、と趣味の話をそれとなく聞き出すんです。で、釣り好きの社長もついつい引き込まれちゃって、気が付けば大いに盛り上がってしまい、《今度、ご一緒しましょうよ》なんて言われて、社長もその気になっていましたっけ。——後日、この人と一緒に遠出したときのことを話してくれましたけど、社長の運転する車にご執心になって、運転させてほしいと言い出したんだとか」

「近藤さんの車をですか」

「ええ、ベンツの最高級車ですよ。もう一人の釣り仲間と三名で、三台の車で出かけたので、社長がこの人の車を運転して、この人がベンツに乗り込んだんですけど、よほど興奮したんでしょう、追突事故を起こしかけましてね。すんでのところで回避したって、社長は大笑いしていましたっけ。見かけによらず、こいつにも抜けたところもあるんでしょう」

川西が、野卑な声を上げて笑った。

二

「その四年前の頃ですよね、あなたが近藤さん、飯島さんと、亀山ダムにバス釣りに行かれたのは」

「ああ、確かにそうだよ。俺も昔から釣りが趣味だったし、仕事上の付き合いを深めるためには、プライベートの繋《つな》がりも大事だと思ったのさ。欧米じゃ、仕事の関係者をホーム・パーティーに招待するのが当たり前じゃないか。それと同じだよ」

香山の言葉に、いかにも用心していることが明らかな口調で、小田嶋が言った。

「行かれたのは、四年前の八月末の土日だったんですね」

「近藤たちが毎年恒例にしている釣行に、俺も特別参加したということさ。何か問題でもあるのか」

「なるほど。ともあれ、その直後に、あなたの周囲で、一つの異常事態が起きていますよね」

「異常事態？　いったい何のことだ」

「亡くなられた君島宗治の妻で、フローラ・グループのオーナーを引き継いだ君島春子さんが、義弟の智之《ともゆき》に車で轢《ひ》き殺された事件です」

「あの事件のことか。しかし、俺とはまったく関係ない出来事じゃないか」

「フローラ・グループのオーナーだった君島宗治さんが、あなたが勤めていた店の店長だった松崎徹に刺し殺された。次に、オーナーを引き継いだ君島春子さんが、宗治さんの弟の君島智之に轢き殺された。そして、今度は、お知り合いだった近藤清太郎さんが、殿山に刺し殺された。まるで、あなたと関わりのある方々が、次から次へと変事に巻き込まれているように見えますけど、それは私の思い過ごしでしょうか。それとも、あなたがさっき指摘されたように、単なる不可解な偶然だったのでしょうか」

その言葉に、唇を固く結んだ小田嶋が、顔をさらに紅潮させるのを、増岡は見た。

無言のままの彼に、香山が続けた。

「そこで、この二つの事件についても、私はあらためて関係者からの聞き取りを行うべきだと判断して、君島宗治さんを殺《あや》めた松崎徹と、君島春子さんを轢き殺して自殺した君島智之の妻からの聞き取りを行いました」

三

面会室は、オフホワイトの壁と天井に囲まれた殺風景な部屋だった。

正面に、アクリルの硬質樹脂の分厚く透明な仕切り壁がある。仕切り壁の向こう側の部屋には、右手正面にドアがあり、左側の上部に格子の嵌《はま》った横長の細い窓があった。その下に、面会中に刑務官が控えるためのパイプ椅子が置かれている。

透明な仕切り壁は、それを挟んで会話が可能なように、硬質樹脂に小さな点状の穴が円形状に開いている。とはいえ、その穴を通して物のやり取りができないように、こちら側と向こう側の二枚の硬質樹脂がずらして設置されていた。

手前の部屋のパイプ椅子に、香山は腰を下ろしていた。

すると、向かい側のドアが音もなく開き、刑務官に付き添われた松崎徹が中へ入って来た。灰色の霜降り模様の上着と、同じ色のズボンというなりで、素足にサンダルを履いている。頭は短く刈り込まれており、痩《や》せているせいか、チラリと顔を向けたとき、目が大きいという印象を受けた。高い鼻と大きな口も目に付く。色が白く、頬や顎の髭剃《ひげそ》り跡の青さが目立つ。歳は、四十代後半だろう。

「あんたか、俺と面会したいっていうのは」

パイプ椅子に腰を下ろすなり、松崎が落ち着かない様子で口を開いた。こちらに向けた視線を、あらぬ方に逸《そ》らし、すぐにまた戻す。それを繰り返している。

収監されている受刑者との面会は、親族や勤務していた会社の関係者、それに弁護士などに許可されることが法律で定められている。しかし、それ以外でも、面会の必要があり、刑務所に申請して認められれば、許可されることになっているのだ。

透明な仕切り壁越しに、香山はうなずく。

「ええ、そうです。松崎徹さん」

「刑事が、俺にいったいどんな用があるんだよ」

「お聞きしたいのは、ほかでもなく、四年前の事件のことです」

その言葉に、ため息を吐くような表情となり、松崎が言った。

「やっぱり、そのことか。でも、警官なんだから、あの一件の捜査資料ってやつに、とっくに目を通したんだろう」

香山はうなずき、言った。

「もちろん、所轄署ですべて捜査記録を見せてもらいました。そのうえで、気になったことがあったので、こうして面会を申し入れたんです」

「何が気になったんだ。こっちは、嫌というほど暇を持て余している。たいていのことなら、答えてやってもいいぜ」

「だったら、教えてくれませんか。四年前、あなたは、オーナーの君島宗治さんを、店長を任せられていた千葉市本店の事務室で、刺して死亡させてしまったんですよね」

言われて、松崎は鼻を鳴らすと、渋々という感じでうなずいた。

「ああ、確かにその通りだ。ただし、裁判でも散々言ったことだけど、俺はあいつを殺すつもりなんか、これっぽっちもなかったんだぜ」

その言葉に、香山は無言で応《こた》える。実際には、松崎は、君島宗治の腹部や胸部など十数か所を刺したという事実がある。そのために、警察での取り調べでは、不正行為を見つかり、思わず逆上して刺してしまったと松崎は執拗《しつよう》に主張したものの、裁判では明確な殺意があったと断定されてしまったのだった。

香山は、再び口を開いた。

「君島宗治さんによる帳簿の確認と定期的な店舗の状況視察は、いつも月末の二十五日と決まっていたと聞いています。そこで、その前日に、あなたは帳簿の改竄《かいざん》を行っていたというわけですね」

「ああ、使い込みがばれたりしたら、即クビだろうし、下手をすりゃ、お縄になっちまうからな」

「ところが、そのときに限って、君島さんは抜き打ちで店を訪れた。その来訪に度を失ったあなたは、たまたまデスクに置かれていたナイフで、相手を刺した。事件の経緯は、確かそうでしたね」

「ああ、まさにその通りさ。で、何が聞きたいんだ」

「君島さんは、どうして、抜き打ちの視察を行ったんでしょう。関係者への聞き取りでも、その点はまったく解明されていませんでした」

「さあ、そんなこと、俺が知るわけないだろう」

その言葉に、香山は無言のままうなずく。松崎の言い分は、当然なのだ。なぜなら、警察の聞き取りに対して、妻の春子でさえ、宗治がどうして突然、千葉市本店を抜き打ちで訪れる気になったのか、知らなかったのである。

しかも、事件の起きる二日前まで、宗治はいつもと変わりない様子だったという。もしも、松崎へ何らかの不審を感じていれば、妻に何がしかの不平や疑いの言葉をつぶやきそうなものだが、そういったものを、春子はまったく耳にしてはいなかった。それどころか、近々、会員になっているカントリー・クラブのある静岡へ、二泊三日の泊りがけでゴルフに行く予定まで組まれていたという。

「それなら、もう一つお訊《き》きします。店舗の事務室で、いきなり部屋に入って来た君島さんは、帳簿を改竄しているあなたを目にして、何か言いませんでしたか」

松崎が考え込む顔つきになった。顔を上げるまで、ゆうに三分ほども時間が経過しただろう。

「――そういえば、ずっと忘れていたことだけど、あいつ、《やっぱり、本当だったんだな》と叫んだと思う」

「《やっぱり、本当だったんだな》ですか……。それは、どういう意味だと思いますか」

松崎が肩を竦《すく》める。

「さあ、分からないね」

「それなら、もう一つ質問します。そのとき、どうしてデスクに都合よくナイフが置いてあったんでしょう。この点も、事件後の捜査において、最後まで解明されなかった点ですよね。当時の捜査陣は、あなたはもとより、店のすべての関係者に聞き取りをしたものの、誰一人、そのナイフの存在を知る者はいなかったそうですね」

「そいつは、こっちが聞きたいことさ。ふいを突かれて、オーナーが部屋に入って来た時、驚きのあまり、俺は反射的にそのナイフを摑《つか》んじまったんだ。そして、気が付いたときには、君島を何度も刺してしまっていたのさ。あんなところにナイフさえ置いてなければ、こんなことにはならなかったはずだ。畜生っ」

そう怒鳴ると、松崎が両手の拳《こぶし》をデスクに叩《たた》きつける音が、面会室に響き渡った。

四

「夫がどうしてあんなことを仕出かしてしまったのか、いまだによく分かりません」

俯《うつむ》き加減のまま、峰岸幸子《みねぎしさちこ》は小さな声で言った。

メモを取っていた立川は、彼女を見つめる。

白っぽいブラウスに、紺色のスカートというなりだ。セミロングの髪型、瓜実顔《うりざねがお》の目鼻立ちが地味な感じで、まだ三十代半ばくらいだろうが、顔色がすぐれない。ほとんど化粧をしていないせいもあるかもしれないが、心労がいまも続いているのだろう。

立川は、市原市郊外のアパートの六畳間のリビングで、テーブルを挟んで幸子と対座していた。

幸子の夫、君島智之が、義理の姉に当たる君島春子を自家用車で轢《ひ》き殺したのは、三年ほど前のことだった。その凶行の動機については、智之が現場から逃走後、鋸南町の鋸山《のこぎりやま》の絶壁から投身自殺を遂げてしまったことから、未解明の部分が多く残されている。

それでも、智之がギャンブルに嵌り、闇金融に多額の借金を拵《こしら》えて、ひどく追い詰められていたことが判明していた。夫の死後、幸子は君島姓を捨てて、旧姓の峰岸に戻ったのだった。

「確か、亡くなられたご主人は借金を抱えて、とても困っていらしたと伺っていますが」

立川は、慎重に言葉を選びながら言った。

幸子が、ぎこちなくうなずく。

「ええ、それは間違いありません。競馬や競艇、それに賭《か》け麻雀《マージャン》と、あの人はギャンブルに目がない人でした。宗治さんも、うちの人も、父親の安吉《やすきち》さんから、かなりの遺産を贈られたのに、お兄さんは立派に事業に成功して、弟である夫は遺産を食いつぶしてしまったんです」

「それなら、取り立てに遭っていたんですね」

「はい。毎日のように怖い電話が掛かって来たり、風体のよくない男たちが押しかけてきたりしていました。それで、二進《にっち》も三進《さっち》もいかなくなった夫は、夜逃げすると言い出したんです。ところが、その二日前になって、夫の態度が急変しました」

「態度が急変した？」

「そうなんです。このまま逃げたんじゃ、腹の虫がおさまらない、春子に絶対に金を出させる、とそんなふうに息巻いていました」

メモを取る鉛筆を止めると、立川は言った。

「金を出させる？　どうして、そんな気になったのでしょう」

「さあ、それ以上のことは何も言いませんでした。それに、私があれこれ質問すると、あの人はすぐに癇癪《かんしゃく》を起こして、手を上げることも珍しくなかったんです。だから、私は何も問い質《ただ》しませんでした。どうしてそんなことを思いついたのか、まったく分かりません――」

そう言うと、幸子は、その後の智之の行動を説明した。夜逃げを決行する二日前の昼過ぎ、智之は晩には戻ると告げ、彼女に身の回りのものをまとめておくよう言いつけて、自家用車で出かけたという。そのとき、夫が台所にあった包丁を鞄《かばん》に忍ばせたことに彼女は気が付いた。その様子から、夫がその凶器で脅しをかけて、金を出させるつもりだと察しが付いたものの、彼女はついに留め立てすることができなかったと言うと、さらに説明を続けた。

「私の意志が弱かったから、いけなかったんです。あのとき、どんなに暴力を振るわれても、夫を引き留めて、二人で夜逃げしていれば、あんなことにはならなかったのに。——その晩、午前零時過ぎに、警察から電話が掛かってきて、私が予想していたよりもずっとひどいことが起きたことを知りました」

言うと、警察から説明された事件の経緯を語った。

仕事場から戻って来た春子を、智之はマンションの前で待ち伏せして、いきなり包丁を胸元に突き付けて、路地へ引きずり込もうとしたのだった。

ところが、予想に反して、春子の死に物狂いの反撃を受けて揉《も》み合ううちに、自分の手にした包丁で左腕に深手を負った智之は、それで頭に血が上ってしまったらしい。夜道を逃げてゆく春子を、自分の車で追いかけると、そのまま背後から体当たりするように轢き殺してしまったのだ。

この一連の経緯は、マンションに設置された防犯カメラや、付近の別の建物にあった複数の防犯カメラの映像によって確認されたものだった。

その後、鋸南町まで車で逃亡した智之は、鋸山の断崖《だんがい》から身を投げてしまった。

遺体が発見されたのは、翌朝の午前六時過ぎだったという。

五

「いかがでしょう。二つの事件とも、実に奇妙だと思いませんか」

香山がそう言うと、小田嶋はかすかに不興気な口調で言い返した。

「何を、それほど奇妙だと思っているのか、まったく分からんね」

「言葉が足らなかったようで、大変失礼しました。私が言いたかったのは、松崎のもとを抜き打ちで訪れて、刺し殺されてしまった君島宗治さんも、春子さんを轢き殺し、自殺した君島智之も、そうした挙動の前兆が少しも見られなかったことなんです。当然、捜査本部は、周囲の人々に根ほり葉ほり問い質したものの、二人がそのような行動をとりそうな気配を嗅《か》ぎ取った者は、とうとう一人も見つかりませんでした」

「俺は心理学者じゃないが、人間というものは、心の奥底を他人に晒《さら》しているとは限らないもんだぞ」

「それなら、君島宗治さんは、以前から密《ひそ》かに松崎に疑いを抱いていたし、君島智之は、春子さんに対してこっそりと意趣を覚えていたと、そうおっしゃりたいんですか」

その言葉に、小田嶋が鼻を鳴らすと、小馬鹿にしたような口調で言った。

「こっちが言いたいのは、そんなことじゃない。二人とも、とっくに死んでいるし、その指摘を裏付ける証人も証拠もないということさ。だから、今頃になってあれこれと推測しても、まったく無意味だと、そう言いたいだけだ」

「それは、そうかもしれません。しかし、もしも、第三の事例である殿山の事件について、その裏側に隠された真相を解明できれば、先の二つの事件にも、何らかの光明が得られる可能性があるかもしれませんよ」

途端に、小田嶋が大きく首を横に振った。

「いまの説明を聞いていなかったのか。殿山や近藤も、とっくに死んじまったんだぞ。どんな矛盾点や疑問点が浮上したところで、いまさら何の裏付けにもなりはしない。それは、君島宗治や君島智之の場合と、まったく同様なんだよ」

余裕を取り戻したように、小田嶋が鷹揚《おうよう》な笑みを浮かべた。

「あなたのお考えはよく分かりました。ときに、春子さんがお亡くなりになってから、しばらくして、車を新しくされたそうですね」

ふいに質問の風向きが変わり、つかの間、返答に迷ったように口元を戦慄《わなな》かせたものの、小田嶋はすぐに言った。

「ああ、したよ。ずっと乗っていた国産車に飽きたからな」

「飯島さんからお買いになったと聞きましたけど」

「何だ、知っているんじゃないか」

「あなたもおっしゃったように、警察は、どんな細かいことも気にするものですからね。そのため、飯島さんから改めて聞き取りを行ってきました」

六

「この人でしたら、近藤の知り合いですし、釣りにもご一緒して、うちで車を購入してくれた人ですけど」

表情も変えず、飯島久信はあっさりと言った。小田嶋の写真を手にしている。

「こちらのお店で、車を購入されたということですか」

赤城は言った。

隣で、水沢がメモを取っている。朝一に、二人は再び《ロード・キング》を訪れて、捜査資料からプリントした小田嶋の写真を示して、飯島に質問を始めたところだった。

「この方が、どうかされたんですか」

顔色をかすかに曇らせて、飯島は言った。

つかの間、赤城は水沢と顔を見合わせたものの、すぐに言った。

「飯島さん、それは捜査上の秘密なので、申し訳ありませんが、ご勘弁ください。――紹介者は、やはり近藤さんでしたか」

「ええ、それ以前、別の女性の方と一緒に、S・Kファイナンスを訪れたんだとか。用件はたぶん、融資のことだったんでしょう。それはともかく、そのとき、釣りの話で盛り上がったんだそうです。で、毎年恒例の釣行に、彼もご一緒いただいたようなわけでして。そのときに、近藤が乗っていたベンツにひどくご執心となりましてね。で、少し経ってから、新しい車を購入したいと連絡が入ったという次第です」

「ベンツを購入されるとなれば、さぞ羽振りがいい人でしょうね」

「さあ、私は芸能界のことには不案内ですけど、本業のヘアー・サロンの仕事が順調なうえに、タレントとしても活躍されているそうですから、かなり収入があるんじゃないかと思いましたよ。即金でベンツを買ってくれましたからね。でも――」

と言いかけて、飯島が言葉を吞《の》み込む。

「どうかされましたか。お差支えなければ、この方のことについて、どんなことでもお教えいただきたいんですが」

赤城の促す言葉に、飯島はかすかに躊躇《ため》らうような顔つきを見せたものの、おずおずと口を開いた。

「実は、せっかくお買い上げいただいた最高級のベンツなんですが、しばらくして、買い戻してほしいと言われたんです」

「買い戻す？」

「ええ、急に手放したいとおっしゃいましてね」

「それは、いつのことですか」

「あれは、お買い上げいただいて、半年ほど経ってからだったかな」

「どうして、そんな気持ちになったのでしょう」

「さあ、個人的なことまでは分かりません」

「そうですか。その方とは、現在もお付き合いがありますか」

怪訝《けげん》な顔つきのまま、飯島がかぶりを振った。

「いいえ、ベンツを買い戻してからこっち、残念ながら連絡はまったくありませんね」

七

「飯島さんからお聞きしたんですが、あの人の店で購入された最高級のベンツを、あなたは半年後に買い戻してもらったそうですね」

香山が言った。

増岡は、鏡の中の小田嶋を注視する。

「ああ、そうだよ。それが、どうだと言うんだ」

「どうして、手放されたんですか」

「決まっているだろう、飽きたからさ」

「しかし、同じ頃に、あなたは別のもっと大切なものも手放されていますね」

香山の言葉に、小田嶋はニヤリと歯を見せた。

「ああ、あんたは、俺が手放した、フローラ・グループの店舗のことを言いたいわけか」

「ええ、そうです。ベンツならともかく、事業の経営において、十分に採算が取れている店舗を手放すのは、どう考えても合理的な判断とは思えませんからね」

「常識的に考えれば、確かにそうかもしれん。だけど、タレント活動が予想以上に忙しくなってしまったし、そっちの仕事の方に生きがいを感じたから、フローラ・グループを徐々に整理した。ただそれだけのことさ」

「本当にそうでしょうか。私はにわかに信じられなくて、あなたが勤めておられたフローラ・グループの旧千葉市本店に捜査員を差し向けて、あなたの後輩の吉村恵一《よしむらけいいち》さんという方から聞き取りをしてきました」

八

「それなら、小田嶋さんは最初、この店舗で雇われている立場だったんですね」

増岡は言った。

彼女が差し出した写真から顔を上げた男性が、うなずく。

「ええ、でも、仕事の腕がいいうえに、喋《しゃべ》りがとっても上手《うま》いから、お客さんの指名数は店ではナンバー・ワンでしたね――」

増岡は三宅とともに、千葉市内にあるヘアー・サロンを訪れて、店長の吉村恵一と面談していた。その吉村が言葉を続けた。

「――だから、前店長があんなことを仕出かしてしまったとき、彼が店長に昇格したのも、当然だと思いました。でも、まさか、チェーン店のオーナーにまでなるとは、予想もしていませんでしたけど」

なるほど、とうなずきながら、増岡は相手を改めて見つめる。髪をワックスで立てており、細く整えられた眉《まゆ》の下の、穏やかそうな二重の目が印象的だ。白いTシャツに、麻のようなシャツを羽織っており、下はジーンズ。腕に銀製らしいバングルを嵌《は》めて、むき出しの腕に、横文字のタトゥーが彫られていた。腰に革製のシザー・ケースを着けている。歳は三十代前半だろう。

「小田嶋さんは、どんな人柄でしたか」

増岡の質問に、吉村が眉を持ち上げた。

「人当たりのソフトなタイプでしたね。嫌味なところがまったくないし、頼み事も、二つ返事で引き受けてくれましたよ。面倒見のいい感じだったから、僕ら後輩で嫌っている人間はいなかったんじゃないかな」

「仕事もできる。口も上手い。人柄も上々とは、絵に描いたような完璧《かんぺき》な人物じゃないですか」

その言葉に、吉村がかすかに歯を見せて言った。

「ええ、確かにそうですね」

「あそこまで成功されるのであれば、きっとすごく努力されているんでしょうね」

当然のことと思って、増岡は訊《き》いた。

すると、吉村が首を傾げ、かすかに笑うような顔つきになり、言った。

「努力家とは、ちょっと違うと思いますよ」

「どう違うんですか」

問われて、言葉に詰まったように黙り込んだものの、吉村は言った。

「如才ないっていうか、咄嗟《とっさ》の閃《ひらめ》きに長《た》けているっていうか、言ってみれば、そんな感じかな」

「咄嗟の閃き?」

「ええ、お客さんの髪をやっているとき、僕ら、世間話をするじゃないですか。そんなとき、小田嶋さんは、相手の気持ちを絶対に逸《そ》らさないんです。例えば、二十代前半の若い母親が、生まれたばかりの幼い子供の話を興奮気味に持ち出すでしょう。すると、あの人はすぐに、自分にも年端の行かない子供がいるけど、笑顔を見ているだけで、幸せな気持ちになりますよね、なんて当意即妙に言葉を掛けるんです。かと思うと、別のアラフォーの女性が渋い顔つきで離婚したと口にすると、自分も結婚生活で散々に苦労したけど、いまでは思い切って別れてよかったと思いますよ、なんてじつにうまい具合に調子を合わせるんです。僕らが知る限りじゃ、小田嶋さんは独身だし、離婚歴もありませんから、その作り話の巧妙さと間合いの取り方に、舌を巻いたものです」

増岡はうなずき、思った。小田嶋は、真面目な努力をコツコツと積み重ねて人生を紡ぐような人物ではなく、その場その場の思い付きや、相手の隙を見つけて、巧妙にそこに付け込むようにして生きて来たのかもしれない。ただし、人間観察眼は、文句なしにピカ一ということだろう。

増岡がそんな思いに耽《ふけ》っていると、吉村が口調を変えて続けた。

「――でも、少々変わったところもありましたけど」

「変わったところ？」

「あれほど落ち着き払った人なのに、意外に緊張するタイプなんですよ」

「緊張するとは、どういうことですか」

「ほかには一切表れないんですけど、手汗をかくんです。だから、お客さんの髪を扱っているときは、しょっちゅう手を拭《ふ》いていましたっけ。それに、独り言の癖があるんです」

「独り言？」

「周りに人がいるときは、そんなことはないんですけど、一人でいるとき、ぶつぶつと独り言を口にするんです。たぶん、人目がないので、緊張が途切れて、我知らず口を突いて出るんじゃないかな」

「どんなことを、独り言で喋るんですか」

「さあ、そこまでは分かりません。けど、何だか、怒ったみたいに呟《つぶや》いているのを、何度か耳にしたことはあります。それと、車に乗ると人が変わりましたね」

「人が変わる？」

「ええ、いわゆる飛ばし屋というタイプでね。やたらとクラクションも鳴らすんです。一度、車に乗せてもらったとき、ひやひやしました。いつもの気さくで明るい感じとは違って、何だか別人みたいだなって思いました。恐る恐る、そのことを言ったら、ハンドルを握るとつい興奮してしまうんだ、数年前に浦安市内でちょっとした接触事故を起こしたこともあったよ、と苦笑いしながら話していましたっけ」

小田嶋を持ち上げ過ぎてしまったと感じたのか、それとも成功者に対する密かな嫉《しっ》妬《と》を覚えたのか、吉村はかすかに顔をしかめて言った。

「店長になられた直後から、小田嶋さんは、タレントみたいな活動を始められましたよね。そのことについては、どう思われますか」

横から、三宅が質問した。

吉村が肩を竦《すく》める。

「もともと弁の立つ人だし、あの通りのイケメンだから、本人もその気があったんでしょう。それにしても、あそこまで人気を博するとは驚きましたよ。というか、あの人、ちょっと調子に乗り過ぎているんじゃないかな」

「調子に乗り過ぎている？　どういう意味ですか」

「少し前に、あの人はチェーン店の店舗を手放してしまったんです。この店も、そのチェーン店の一つでしたから」

吉村が言った。

増岡は再びうなずいた。

「ええ、私たちも調べてみましたけど、どうやらそのようですね。しかし、いったいどんな事情があって、手放されたんでしょうか」

「さあ、詳しいことは知りません。ともかく、三年半前から、次々と店を手放して、いまは一軒も残ってないんじゃないかな——」

怪訝《けげん》そうな顔つきで言うと、吉村は言葉を続けた。

「——ここも含めて、チェーン店の各店舗は立地が最高だし、どこも繁盛していたはずです。大きな声じゃ言えないけど、手放すなんて、正気の沙汰《さた》じゃないですよ」

増岡は、三宅と顔を見合わせた。

第六章

一

「小田嶋さん、あなたがフローラ・グループの店舗を次々と手放されたことに不審を抱いているのは、どうやら、私だけではないようですね」

香山の言葉に、小田嶋がすかさず言った。

「他人がどう思おうと、俺には関係ないね」

「しかし、あなたが最高級のベンツを手放されたり、店舗まで売却されたりした頃と軌を一にして、近藤清太郎さんが、傾きかけていた自分の会社を見事に立ち直らせました。これは、単なる偶然だったのでしょうか」

つかの間、小田嶋が黙り込んだ。その顔がみるみる紅潮の度を増すと、いきなり怒鳴った。

「おい、いい加減にしろ。いったいどこに、そんなことを裏付ける証拠があるんだ。

おとなしく聞いていれば、人を愚弄《ぐろう》するにも、ほどってものがあるぞ」

その怒声で、室内の空気が震えた、と増岡は感じた。

だが、少しもたじろぐ気配を見せずに、香山が静かに言った。

「まず、手始めは、アリバイです」

「アリバイ？　何だ、それは」

「昨日、うちの増岡があなたのマネージャーに電話を入れて、本日のスケジュールを問い合わせさせていただきました。その結果として、今日は終日オフということが判明したので、こうしてお越しいただいたわけです。――しかし、実はその電話で、あなたの昨年の八月二十八日のスケジュールについての問い合わせもさせてもらったんですよ。売れっ子タレントというものが、どれほど多忙なものなのか、ちょっと知りたいという口実でね。あなたのマネージャーは、とても素直な方のようですね。少しも疑う様子なく、あっさりと教えてくださいました。昨年の八月二十八日に、あなたが一日休みを取られていたということを」

「だから、何だというんだ」

間髪容《い》れず、小田嶋が吐き捨てるように言った。

「先ほど、私は、八月末の土日に休みを取り、近藤さんと亀山ダムに釣行することが恒例になっていたという飯島さんの証言を挙げました。この行事を知っている者なら、近藤さんの動きを予測できるし、亀山ダムでたまたま発生した殿山と近藤さんの諍《いさか》いの場面の目撃者にもなり得るんです。そして、あなたもその恒例行事を知っていた一人であるわけだ。そのあなたが、昨年の八月二十八日に休みを取られている。では、どこに行かれたんでしょう」

「一年前のことなんか、覚えているわけがないだろう。いや、たとえ覚えていたとしても、教える義務なんかない。俺は何の罪も犯していないんだからな。——だいいち、仮に昨年の八月二十八日に休みを取っていたからといって、それだけで、俺が亀山ダムへ出かけて、殿山と近藤の諍いを目撃したということの証拠になるとでも言うのか。それとも、俺が亀山ダムへ行ったという明確な証拠でもあるのか」

「残念ながら、証拠はまだ摑《つか》んでいません。陸運局に問い合わせたところ、最高級のベンツを飯島さんに買い戻してもらった後、あなたは車を所有されていない。だから、おそらくレンタカーを利用したのだろうと考えています。しかし、千葉県内だけでもレンタカー会社は無数にあり、ただいまローラー捜査を掛けているところです。そして、レンタカーというものは、利用の際に免許証のコピーを取りますし、客が使用した車両の走行距離やガソリンの消費量を記録に残しておくものです。その数値から逆算して、あなたが使用された車について、レンタカー会社の店舗から亀山ダムまでの経路の往復の距離と合致すれば、かなり強力な傍証となるでしょう。それはともあれ、次にお示ししたいのは、これです」

　言うと、香山はデスクの下から、透明なビニール袋に入れられた雑誌を取り出して、デスクに置いた。表紙は、緑に覆われた山と青々とした湖を背景として、釣竿《つりざお》を手にした若い男女のグラビアとなっており、《レジャー・バス・フィッシング》というタイトルが記されている。

「この釣り雑誌は、殿山の自宅アパートから押収したものです。趣味の雑誌というものは、凝っていればいるほど、毎号購入するものでしょうし、滅多に捨てることはありません。ところが、殿山の自宅に、この手の雑誌は、ほかに一冊も見当たりませんでした。つまり、趣味の雑誌としては、極めて不可解な存在と言わざるを得ない。ともあれ、この雑誌の読者投稿欄に、一年前の八月二十八日に亀山ダムで巨大なブラックバスを釣り上げた近藤さんの写真が掲載されていました。釣り上げた時間帯は午前十一時半頃。ポイントは、亀山水天宮の湖面に立つ鳥居近くとなっています。つまり、殿山の娘である知佳ちゃんが溺死《できし》した時と場所と一致している」

「だから、何だって言うんだ。殿山って男は、釣りを趣味にしていたんだろう。たまたま初めて買った雑誌に、喧嘩《けんか》した相手の写真が掲載されていただけってことも、十分に考えられるじゃないか」

　小田嶋の反論に、香山が静かな口調で言った。

「先ほども説明しましたように、娘の溺死の直後、殿山は警察からの聞き取りに対して、この悲劇への近藤さんの関わりは一言も口にしていません。ところが、私たちの捜査では、殿山はこの一件に対する深い恨みから、近藤さんを襲った可能性が大きくなってきました。となれば、先に指摘したように、殿山と近藤さんの険悪な口喧嘩《くちげんか》という事実を、娘の水死という事態に結び付けて、近藤さんがその死に一役買っていたと思い込ませる教唆を行った人間がいなければならない。と同時に、近藤さんの素性や日常の動静などを詳しく教える人物もいたはずなのです。

そこで、私は科捜研に依頼して、この雑誌に付いている指紋を調べてもらいました。その結果、四人の人間の指紋が検出されました。一人は、当然、殿山の指紋と照合されました。雑誌の表紙、裏表紙、そして様々な頁に残されていました。殊に、近藤さんの写った写真の頁には、無数の指紋が付いていました。殿山が、その頁を繰り返し見ていたことは明らかでしょう。もう一人は、表紙と裏表紙にだけ残されていたので、この雑誌を店頭に並べた書店員のものと判断できると思います。そして、残る二人は、殿山と同様、雑誌のかなりの頁に指紋が付いており、内容を閲覧した読者か、店頭で立ち読みした人物のものと考えられます。問題なのは、その一人の指紋が、小田嶋さん、疑う余地なく、あなたの右手の人差し指のものだった点です」

狭い部屋の中が、密度の濃い空気と息苦しいほどの静寂に満たされた。

無言のまま、唇を噛《か》み締めている小田嶋に、香山が言葉を続けた。

「あなたの指紋をどこで手に入れたのか、疑問に思っていらっしゃることでしょうね。そこにいる増岡が、あなたの後輩の吉村恵一さんと面談したおり、以前、浦安市内であなたが軽い接触事故を起こしたという証言を得ました。そこで、浦安署に連絡して、その際の《供述調書》を確認させていただいたんです。その書類は交通事故の内容や日時を記録したうえで、《私が上記違反をしたことは相違ありません》という部分に署名して拇印《なついん》するものです。たいてい、人差し指か中指の指紋を捺《お》すことになっています。覚えがあるでしょう。むろん、いずれ容疑が固まり次第、正式に指紋を採取させていただく予定です」

　凍り付いたように、再び室内の空気が凝固した。

　鏡に映る小田嶋の顔が表情を失い、白っぽくなっている。が、唾《つば》を飲み下すような顔つきを浮かべると、彼が怒りを込めて言った。

「市販の雑誌に、俺の指紋が残っていたことが、何だって言うんだ」

「あなたのお住まいは、浦安です。一方、殿山が暮らしていたのは、西船橋でした。直線距離にして、七キロほども離れています。その二人が同じ書店で、たまたま同じ雑誌を手にしたというのは、あまりに牽強付会《けんきょうふかい》な解釈ではないでしょうか。しかも、先ほど言いましたように、殿山の手元にあった釣り雑誌は、この一冊だけです。となれば、彼が自ら購入したのではなく、別の何者かが入手して、それを殿山に渡したという成り行きの方が、可能性が高いのではないでしょうか。そして、それは、あなただった、と私は考えています」

「何だと」

「娘に死なれて絶望している殿山の車を、あなたはレンタカーで尾行して、その住まいを確認したのでしょう。亀山ダムでの、娘をめぐる二人の諍いを目撃して、うまくすれば何かの計略に使えるかもしれないという目論見《もくろみ》だったのだと思います。そうそう、あなたが借りたレンタカーの走行距離の確認の際には、江東区の清澄《きよすみ》のマンションまでの走行距離も加算することを絶対に忘れないようにしなければなりませんね。西船橋に引っ越しする前、そこは殿山が暮らしていた場所だからです。それはともかく、年を越えた一月に、たまたま釣り雑誌に掲載されていた一枚の写真に、あなたは目を留めた。一年前の八月二十八日に、亀山ダムで、近藤清太郎さんが大物を釣り上げた写真です。しかも、その場所は、湖の浅瀬に建てられた赤い鳥居のそばで、時間は午前十一時半頃だった。その写真を目にした瞬間、あなたの頭の中に突然、悪魔のような計略が閃《ひらめ》いたんだ」

「悪魔のような計略だと。――警察官のくせに、くだらない表現をするんだな」

小田嶋は、わざと思い切り笑い声を立てる。

だが、それを完全に無視したように、香山が言葉を続ける。

「あなたの用意した筋書きは、おそらく、こういうものだったはずです。殿山の娘が水に嵌《はま》り、溺《おぼ》れかけたまさにその瞬間、近くのボートで釣りをしていた近藤さんのルアーに大物が掛かる。そのとき、父親の殿山はトイレに行っていてそばにいない。近くにいて、見守りを頼まれていた中学生が、咄嗟《とっさ》に助けようと水に飛び込む。だが、少女だけでなく、その中学生まで溺れかけてもがき始める。少し前に、殿山と激しい言い争いを演じた近藤さんの胸の裡《うち》に、ふいに残忍な衝動が生ずる。この状況を見ているのは、自分だけだ。二人をあのままにしたら、どうだろう。あの小生意気な中年男が泣き叫ぶ姿を、こっそり盗み見たら、どれほど溜飲《りゅういん》が下がるだろうか、と。瞬時に決断を下すと、近藤は船外機を操作して、その場からボートで離れる——もしも、このような経緯を、あなたが耳元で囁《ささや》いたとしたら、これ以上もないほどの悲嘆に暮れている殿山は、果たしてどう思うだろうか、と」

香山が言葉を切ると、小田嶋は待ちかねたように身を乗り出し、再び怒鳴った。

「黙って聞いていれば、下らない作り話を、次から次へと並べやがって。そんな与太話を、どこの誰が信じるっていうんだ」

「あなたは、とても弁が立つそうですね。かつての後輩の吉村さんから聞いた話では、幼い子供の話を持ち出した若い女性客に、自分も同じ年頃の子供がいて、笑顔を見ているだけで幸せな気持ちになる、なんて言葉を掛けるのは、日常茶飯事だった、と。殿山のかつての同僚だった平野さんという人は、娘に死なれて人変わりした殿山が、その数か月後の一月に入って、にわかに生気を取り戻したとき、不審に思って尋ねたそうです。すると、子供のいる人と知り合いになった、と殿山は話していたそうです。あなたにとって、殿山に当意即妙の作り話をすることなんて、何の造作もないことだったのでしょう。人目を避けて接触した殿山に、あなたは、たまたま釣りに連れて行った自分の幼い子供が少し後になって、あの事故の経緯は、実は違っていたと告白したんですよ――と、そんなふうに語ったんじゃありませんか」

「幼い子供？　またしても、くだらない想像か」

「いいえ、少しもくだらなくありません。大人と違って、幼い子供はものの道理というものが分かっていない。しかし、それなりに記憶力はある。だから、後から事故の経緯について思い出して、小さい女の子が水に嵌り、中学生のお兄ちゃんが飛び込んだ場面を口にするということは、大いにありそうじゃないですか。実際、あなたは殿山に、そう話したんでしょう。しかも、『お互いに愛する子供を持つ親同士だから、あなたの辛《つら》い気持ちは分かりますよ。いいや、可愛い盛りの幼いお嬢さんに死なれたとしたら、どれほど悲しいか、想像できないほどかもしれませんね。でもね、その二人の子供は、本当なら助かっていたはずなんです。ところが、あなたとの言い争いを根に持った近藤は、助けられたにもかかわらず、敢《あ》えて手を差し伸べなかったんですよ、まったくひどいじゃありませんか』というように、同情の言葉にこれ以上ない悪意を密《ひそ》かに忍ばせてね」

「馬鹿馬鹿しい。それに、いまも言ったように、そんな作り話を誰が信じるって言うんだ」

「確かに、無関係の第三者が、作り話をどれほど信憑性《しんぴょうせい》たっぷりに語ってみせたところで、それを鵜《う》呑みにする人間は、なかなかいないでしょう。しかし、幼い娘を愛していた殿山と同様に、あなたもまた、小さな息子を溺愛《できあい》する父親という立場だとしたら、話は違ってくる。むろん、それがまったくの作り話だということを、殿山が気付くはずもない。つまり、同じように子供を愛するその父親が、これ以上ないほどの深刻な顔つきで、その経緯こそが真実であると語り、釣り雑誌に掲載された近藤さんの、憎らしいほど満面の笑みを浮かべた写真を見せつけたとしたら、怒りの炎に油を注ぐ効果として、これ以上のものはなかったでしょう。最愛の娘に死なれて、悲嘆のどん底に落とされていた殿山は、まともな判断力まで失っていた可能性すらある。瞬時に、抑えがたいほどの憤激が脳髄を突き抜ける。これは十分にあり得ることだと思いませんか」

「可能性、可能性、可能性――あんたの説明は、それぱっかりじゃないか。いい加減に、うんざりだ。どこに確実な証拠や裏付けがあるというんだ」

「確かに、それを抜きにしては、事件の解明はあり得ません――」

いまや人が変わったように激昂《げっこう》している小田嶋に対して、香山はあくまで抑制された言い方をして、さらに続けた。

「――事件解決を構成する要素として、アリバイと犯行の手段について、その一端に触れました。しかも、肝心の動機については、まだ、あなたが強請《ゆす》られたせい、としか申し上げていませんでしたね。近藤さんが、どのような手段であなたを強請ったのか、これが明らかになれば、私の説明もさらに説得力を持つでしょう」

「そんなものが存在すると思っているのか」

「ええ、絶対に存在すると確信していました。しかし、同時に、そんなものが本当にあり得るだろうか、という危惧《きぐ》の念も抱かざるを得なかったというのが、正直な気持ちでした。なぜなら、小田嶋さん、あなたほど悪知恵に長《た》けて、用意周到な人間もいないと感じていたからです。将来、自分にとって、ほんの少しでも禍根となるような証拠を、あなたがわずかでも残すとは考えられなかった」

その言葉に、小田嶋は鼻を鳴らすと、言った。

「くだらん言葉あそびはもういい。あんたは、肝心な点を見落としているぞ」

「肝心な点？」

「そうだ。あくまで仮定の話だが、娘の死に近藤が深く関わっていると殿山に吹き込んで、その結果として、その間抜けな男が殺人を犯したとしても、教唆をしたというだけでは、俺は何の罪にも問われないんだぞ。たまたま知っていたことを、ただ話したというだけじゃないか」

「なるほど、いかにもあなたらしい考えだ。そして、私も一旦《いったん》は、あなたと同じことを考えました。たとえ、その内容が作り話であったとしても、そして、娘に死なれて悲嘆のどん底に陥っている人間が、それを耳打ちされたことで、怒り心頭に発して殺人を犯したとしても、耳打ちした人間にまで刑罰の類《たぐい》が及ぶことはまずないと。それは、先に挙げた松崎徹や君島智之の事件でも同じことです。言い換えれば、こうした状況下では、過去の事件にあなたが関わっていたことを仮に近藤さんが知ったとしても、近藤さんの強請りは、あなたに対して、何ら功を奏しないことになる。――しかし、現実には、それほど都合よくことは運ばないのではないでしょうか」

「何が言いたい」

「あなたはいまや、美容師というより、人気者のタレントだ。その名声や人気によって破格の収入を得ているし、下にも置かない待遇を得ている。ところが、あなたの教唆という卑劣な行為によって、罪もない人間たちが破滅に追い込まれたことを、世間が知ったとしたら、いったいどうなるでしょう。疑いようもなく大炎上して、あなたは人気者の立場から、奈落《ならく》の底に転落する。収入も地位も人気も、すべて失うことでしょう。あなたが恐れたのは、そうした事態であり、近藤さんが強請りを思い立った点も、まさにそこにあったと考えて間違いないと思います」

　言われて、小田嶋は言葉に詰まったように黙り込む。額に汗が光っているものの、顔面は蒼白《そうはく》になっていた。だが、すぐに狂犬のように剝《む》き出しにした歯を食い縛ると、彼は言い放った。

「だったら、近藤はいったいどんなネタで俺を強請ったというんだ。言えるものなら、言ってみろ」

「これは、痛いところを突いて来ましたね。物証とは違い、教唆はいわば言葉だ。しかも、その内容を、あなたが手紙などに書き残すことは、絶対にあり得ない。メール？　それも危険極まりない。つまり、口に出して、そのまま消えてしまうものだからこそ、他人を唆して、罪に落とす言葉ほど、厄介なものはないんです。それでも諦《あきら》めずに、私たちは、近藤さんの会社や自宅を徹底的に捜索しました。しかし、そこではあなたを強請った材料に繫《つな》がる物証は発見できませんでした。でもね、小田嶋さん、あなたが君島智之を焚《た》きつけて、凶行に奔《はし》らせたその言葉を、私たちは、とうとう見つけたんですよ」

二

狭い部屋の中が、静まり返っている。

小田嶋が、大きく目を見開いていた。

まさかという顔つき。増岡には、そうとしか思えなかった。

そのとき、香山の言葉が響いた。

「どんな形であれ、自分が犯行に加担した痕跡《こんせき》を絶対に残すまいと固く決意している悪賢い知能犯がいて、それにもかかわらず、その人物が強請られたとしたら、いったいどんな形で、強請りの材料となるものが残ってしまったのか。この難問を、私は解き明かそうと散々に試みました。しかし、どれほど頭を捻《ひね》っても、答えは見つかりませんでした。でもね、小田嶋さん、刑事としての私のモットーは、絶対に諦めないことなんですよ。そして、煩悶《はんもん》するほどまで考え抜いたとき、ついに一つのことを思い出しました。それは、S・Kファイナンスの社員である川西さんの証言です。それが何か、小田嶋さん、あなたには、もうお分かりですよね」

だが、問われた小田嶋は無言のまま、唇を真一文字に結んでいる。

香山が言葉を続けた。

「四年前、近藤さんや飯島さんと、あなたは亀山ダムへ釣行に赴きましたね。そのおり、近藤さんが運転されていた最高級のベンツに目を留めて、あなたは、その車を運転させてもらった。それは車好きの人間にとって、さして珍しくもない行動だったのでしょう。私は、ファイナンス会社の川西さんが、そのときのことを話していたことを思い出したんです。確か、彼はこんなふうに言いましたよね。三人それぞれの車で出かけたものの、あなたが近藤さんのベンツを気に入り、運転させてもらったが、興奮して追突事故を起こしかけ、すんでのところで回避したらしい、と。

いまどきの高級車には、ドライブレコーダーが必ず装着されているものです。ドライブレコーダーには大別して、《イベント式》、《常時録画式》、《振動検知式》などの録画形式があるそうですね。そのときの近藤さんのベンツに装着されていたドライブレコーダーが、《イベント式》だったとしたら、どうでしょう。《イベント式》というのは、衝突を感知した瞬間、その前後の一定時間の画像と音声が、内蔵されている記憶媒体に自動的に保存される機能です。しかも、衝突などの激しいショックだけでなく、急ブレーキや車体に大きな衝撃が及んだ時も、同じような機能が作動します。つまり、追突事故を起こしかけて急ブレーキをかける直前まで、運転していたあなたがいい気分になって思わず《独り言》を口にしていたら、その言葉が、記憶媒体に録音されてしまうんです。しかも、その車は、あなたのものではなく、近藤さんのものでした。当然、あなたには、その車のドライブレコーダーに記録された、あなたの音声を消去する余裕はなかった」

言葉を切った香山は、小田嶋を見つめているらしい。

小田嶋も黙り込んで、刺すような目つきで相手を見返している。その態度が、香山の指摘が図星であったことを物語っていた。

しかも、増岡はさらに別のことにも気が付く。小田嶋が、右手首に嵌《は》めた水晶の数珠《じゅず》をしきりと触りながら、口元をかすかに動かしているのだ。まるで、口の中で何かを呟《つぶや》くように。むろん、その言葉まで聞き取ることはできない。

そのとき、小田嶋がだしぬけに言った。

「それなら、そのドライブレコーダーの音声は、どこにあるというんだ。あんたは、近藤の会社や自宅を徹底的に家宅捜索したが、事件に繋がる物証は一つも見つからなかったと言ったじゃないか」

言われた途端、香山はデスクの下からビニール袋に入れられたものを取り出して、デスクに置いた。ビニール袋の中には、小型のデジカメが入っていた。

「これは、白石彩音さんのマンションにあったものです。彼女によれば、近藤さんが部屋に置き忘れたものだそうですが、忘れたのではなく、敢《あ》えて白石さんの家に置いたままにしておいたのでしょう。自宅に保管しておいた場合、強請った相手が侵入して、奪われる可能性もありますから。ともあれ、デジカメには、マイクロSDカードが使われています。そして、ドライブレコーダーにも、同じものが記憶媒体として装着されています。近藤さんは、あなたにベンツを貸した後、新たにBMWに買い替えたとき、以前使用していたドライブレコーダーを確認していて、あなたの音声が録音されているのを耳にされたのでしょう。

つまり、証拠というのは、マイクロSDカードに記録されていたあなたの言葉だったんです。それを耳にして、近藤さんは強請りを思い立ったのでしょう。その頃、彼のファイナンス会社は危機に瀕《ひん》していました。一方で、あなたの人気はうなぎ上りで、相当な収入にも恵まれていた。三人での亀山ダムへ釣行の直後、飯島さんから最高級のベンツを即金で購入したことも知り、願ってもないカモだと、近藤さんはほくそ笑んだことでしょう。ちなみに、このデジカメに装着されていたマイクロSDカードは、別の場所に証拠として保管してあります。そして、録音されていた音声は、「これです」

そう言うと香山は、今度は小型のカセットテープレコーダーを取り出して、デスクに置き、再生のスイッチを入れた。

スピーカーから、耳障りなノイズのような音が響き、突然、明瞭《めいりょう》な音声が流れた。

《――もしもし、もしもし、君島智之さんですか。――誰だよ、おまえは――》

呼びかける男の声に、別のかすかに嗄《しゃが》れた太い声が答えると、二人のやり取りが続いてゆく。
《――あなたにとって大事な情報を持っている者です。――大事な情報だと。俺を担ごうって肚《はら》だな。それとも、こいつはオレオレ詐欺の一種か。――どう取ろうと、あなたのご自由です。しかし、話を最後まで聞いたうえで判断してください。あなたの義理の姉、君島春子は、ひどい浮気女ですよ――》
　そこで音声が途切れて、ザー、というひどく耳障りな雑音が続いたかと思うと、いきなりまた音声が流れた。
《――お兄さんの君島宗治さんは、千葉本店店長の松崎徹に刺し殺されましたよね。――それが、何だって言うんだ。――表向きは、使い込みがばれそうになって思わず刺したことになっていますけど、その程度で殺人を犯したりしますか。――ほかに動機があるっていうのか。――松崎徹こそ、君島春子の不倫相手だったんですよ。――何だと。――だから、宗治さんは抜き打ちで千葉本店を訪れたんです、浮気現場を押さえるためにね――》
　再び、雑音で音声が聞きづらくなった。ガーガー、という音や、ドン、という振動のような響きが続き、ふいに音声が再開した。
《――しかも、宗治さんは、事業の後継者に、弟のあなたを指名するつもりだったんですよ。ところが、春子はそれを有耶無耶《うやむや》にしてしまったんです――》

そこで、カチ、という音がして、話しかけていた男の声だけが続いた。

《――借金取りに追われているあいつが、いったいどんな行動に出るか、いまから楽しみだぜ。――それにしても、宗治があそこまで間抜けな男だとは思わなかったな。――もっとも、松崎が使い込みしているという匿名の手紙は、わずかな文面だからこそ、宗治の疑心暗鬼を呼び覚ますのに効果的だったのかも――しかも、確証がない状況では、滅多なことで周囲に口外もできないんだから、俺の計算も大したもの――にしても、意表を突いた店舗視察に松崎が焦りまくって、俺が事前に置いておいたナイフが、あそこまで功を奏するとは、嬉《うれ》しい誤算だったな――》

所々で、ひどく耳障りな雑音が大きくなり、かなり聞き取りづらくなっているものの、増岡が耳にしたその声は、紛れもなく小田嶋の声に間違いなかった。

「この音声は途中まで、君島智之さんとの携帯電話によるやり取りで、その後は通話が途切れて、あなたのお得意の独り言ですね」

香山が言った。

増岡は、鏡の中の小田嶋をじっと見つめる。

現在、携帯電話は外部スピーカーの音声出力にしておけば、運転しながらでも、通話が可能なのだ。むろん、法律上は違反だが、近藤のベンツを借りて運転していた小田嶋が、車中から君島智之を陥れるための《教唆》の電話を掛けたのは、もしかすると、大好きな車を運転して浮ついた気分となり、調子に乗った行動だったのかもしれない。そして、電話で言葉を交わした智之の反応から、小田嶋は仕掛けた罠《わな》に、十分な手ごたえを感じ取り、思わず口をついて独り言が出てしまったのだろう。

するとと、小田嶋が憤然としたように言い返した。

「なるほど、その音声を発見したことで、どうやら、あんたは鬼の首でも取ったように、有頂天になっているようだ。だが、残念だったな。そんなものは、何の役にも立たないことが、分からんのか」

「何がおっしゃりたいんでしょうか」

「刑事にしちゃ、頭が悪いな。いいか、確かに、その音声がネットにでも流れれば、俺の人気はたちまち失墜して、地位も財産も失うかもしれん。しかし、こっちがタレント生命を投げ出しても構わない、と腹さえ括《くく》ってしまえば、そんなもの糞《くそ》の役にも立たないんだぞ。なぜなら、その音声は、俺が松崎や智之の起こした事件にほんの僅《わず》かに関わっていた可能性を窺《うかが》わせる、ごく断片的な材料になりこそすれ、近藤の死への関わりについては、何一つ証明するものではないからだ――」

そう言い放つと、小田嶋はいきなりパイプ椅子から立ち上がった。

「――こんな馬鹿げた茶番に付き合うのは、もうごめんだ。俺は帰らせてもらうぞ」

だが、その言葉に、香山が抑えた口調だが、決然と言い返した。

「いいや、そういうわけにはいきませんよ。西船橋のあの現場に、あなたが居合わせた理由を、私は改めて考え直してみました――」

鋭い刃《やいば》を突き付けられたように、小田嶋がその場に棒立ちになった。

香山は、言葉を続けた。

「――自分が教唆し、凶行に突っ走るように仕向けた相手のすぐ近くにいることは、あなたにとって、絶対に避けたい状況だったはずだ。なぜなら、あのとき逮捕された殿山が急死しなかったら、警察の取り調べで、彼は凶行の動機が、娘が亀山ダムで溺《おぼ》れかけたとき、近藤が見殺しにしたことだと、その直前の言い争いの事実とともに供述したことでしょう。しかも、近藤が口喧嘩《くちげんか》に遺恨を覚えて、娘に助けの手を差し伸べなかったことを、ほかの人から教えられたことも白状したはずだ。そうなれば、後日の警察の捜査で、娘の溺死《できし》と近藤さんの間に何の関係もなかったことが明らかとなり、その嘘を告げた人物が、殿山に近藤さんに対する激烈な殺意が生ずるように教唆したという、事件の真の構図がくっきりと浮かびあがってきてしまう。そして、西船橋での凶行発生直後に、あなたが目撃されるなり、職務質問されるなりすれば、当然、殿山からの事情聴取で、あなたこそ、嘘をもとにした教唆を行った張本人と露見し、警察の関心はあなたにも集まり、その周辺で、君島宗治さんと春子さんが相次いで殺害されるという不可解な事件が発生していたことまで明らかとなる恐れもあったからです」

小田嶋が唾《つば》を呑《の》み込むのが、増岡には分かった。

香山が、さらに言った。

「では、こうした危険この上ない展開の可能性があったにもかかわらず、あなたはどうしてあの現場に居合わせたのか。あなたのマネージャーに確認してみましたが、松崎徹が君島宗治さんを刺した晩も、君島智之が春子さんを轢《ひ》き殺した日も、あなたには、仕事をしていたという確固たるアリバイがありました。おそらく、あなたにとって、松崎徹や君島春子さんは、できれば消えてほしい相手だったのでしょう。つまり、君島宗治さんや君島智之への匿名の教唆は、いつ爆発してもいい爆弾を仕掛けたようなものだった。ところが、その二つの思惑は、予想以上にうまくことが運んだということでしょう。

しかし、近藤さんの場合、話は別だった。彼は、もしも消えてくれれば、それに越したことはない、という程度の存在ではなかったからです。つまり、絶対にこの世にいてほしくない相手だったはずです。彼がこの世に存在する限り、強請りは永遠に続く。それが分かっていたからこそ、これ以上ない大きなリスクを冒してまで、あなたは、あの路地へ行かなければならなかった。憎むべき恐喝者が、確実に滅ぶところを、その目ではっきりと確認するために」

「くだらん。万が一、俺が、あんたの言うような立場だったとしても、そんな危ない橋は絶対に渡らん」

「いいや、それは違う。あなたには、あの路地までわざわざ赴いて、近藤さんが刺されて絶命するのを見届けなければならない、さらに切実な理由があったんだ。なぜなら、あなたの計画は一見したところ完璧《かんぺき》に見えたものの、その実、いくつもの綻《ほころ》びがあったからです」

「綻び？」

「ええ、娘を見殺しにされたと信じ込んで、怒髪天を衝《つ》くほど激怒した殿山でしたが、彼はあまりにも小心者過ぎたんです。人間観察に長《た》けたあなたは、そんな弱い性格を、すぐに見抜いたことでしょう。自分の手は絶対に汚さず、他人を巧みに操って、目障りな人間を亡き者にさせるという、あなたの目的の達成にとって、この点は決定的な障害と感じられたのではないでしょうか。三年以上もの間、近藤さんを密《ひそ》かに監視し、彼を破滅させる適任者をようやく見つけたというのに、刺殺の成功の確実性に大きな難点があったわけですからね。といって、いまさら代役は見つかりそうにない。それでいて、殿山が失敗すれば、強請《ゆす》りは絶対に続く。それだけは、どうしても避けたかったはずだ。だからこそ、殿山に賭《か》けてみるしかなかったあなたは、矢も楯《たて》もたまらず現場に赴いた。ところが、その事件現場で、もっと大きな見込み違いが起きてしまったんです」

「もっと大きな見込み違いだと——何が起きたって言うんだ。あんたのところの刑事が、近藤を刺して呆然《ぼうぜん》となっている殿山を見たんだろう。そして、その場で、殿山はあいつを刺したことをはっきりと認めて、現行犯逮捕されたんじゃなかったのか」

「ええ、まさにその通りです。ただし、一つだけ、あなたは嘘を吐いている」

「何だと、どこが嘘だって言うんだ」

「殿山は、近藤さんを刺していなかったんですよ」

その言葉で、狭い取調室内の空気が凍り付いた。

三

「な、何を、馬鹿なことを言っているんだ」

小田嶋が、目を見開いて叫んだ。

すると、香山はおもむろに口を開いた。

「あなたはさっきから、殿山の起こした事件には、一人の証人も、一つの証拠もないと強調しておられる」

「ああ、そうだ。まさか、違うとでも言うつもりか」

「しかし、物事は、ほんの少し見方を変えるだけで、それまで見えてこなかった事実を浮かび上がらせるものです。さらに、複数の事実が組み合わさることで、それまで見えてこなかった状況を、まるで眼前にしたかのように、実に雄弁に物語ることもあります」

「また、屁理屈《へりくつ》をこねくり回そうっていうのか。言いたいことがあるのなら、はっきりと言ったらどうなんだ」

「お亡くなりになった近藤清太郎さんには、二つの傷がありました。一つは喉元《のどもと》の刺し傷で、凶器の包丁が食道と脊髄《せきずい》を貫通していて、これが致命傷となったことが司法解剖によって確認されました。しかし、もう一つの傷は、近藤さんの左頬の掠《かす》り傷でした。――小田嶋さん、この二つの傷を比べてみたとき、何だか妙な気がしませんか」

「何が言いたい」

「一方は、掠り傷に過ぎないのに、致命傷となった喉元のそれは、柄の部分を残し、包丁が頸椎《けいつい》まで達している。しかも、その傷の位置が、不可解と言わざるを得ない。被害者の近藤さんは一メートル八十センチという長身で、加害者の殿山は一メートル六十センチと小柄だからです。つまり、殿山が近藤さんの喉元を刺し貫くためには、両手で握り締めた骨スキ包丁の切っ先を、うんと上方に向ける、極めて不自然な姿勢をとる必要がある。しかも、相当に力を籠《こ》めなければ、喉元を貫通させることは難しい。相手の息の根を止めるためなら、腹や胸を刺した方が、はるかに容易で、確実性が高いにもかかわらずですよ。しかも、そのときに近藤さんが着ていたジャケットの背中部分に、両の掌《てのひら》を押し当てたような汗の染みが残されていたんです」

「大の男二人が争ったら、どんな予想外の展開が生ずるか、誰にも断言できるはずがないだろう」

　態勢を立て直すように、小田嶋が怒鳴った。

「いいえ、遺体の状況や傷は、刺殺の経緯を雄弁に物語るものです。うちの二名の捜査員が、事件の翌日、事件現場周辺で聞き込みをして、八月二十八日の午後七時頃、そのあたりで喧嘩《けんか》や揉《も》め事がなかったか、散々調べましたけど、殿山の一件以外に、その手の荒っぽい出来事はなかった。そして、近藤さんの傷は二つで、悲鳴も二回だった。つまり、そのとき悲鳴を発したのは、近藤さんだったと考えざるを得ない。

　そして、近藤さんの左頰の傷から血が流れ、傷の周りは付着した血でひどく汚れていました。一方、現行犯逮捕された殿山の左頰も、血が擦《こす》れたようにこびり付き、彼の両手の親指と人差し指にも血が付着していた。二人の頰の血も、殿山の両手の指の血も、DNA鑑定の結果、近藤さんの血であることが完全に確認されました。では、小柄な加害者が両手で握った凶器が、高身長の被害者の喉元を貫通するほど深く突き刺さり、被害者の頰の傷から流れた血が、その傷の周りで汚れ、同時に、加害者の左頬にも被害者の血が擦れたように付くというのは、いったいどういう状況だと思いますか」

「まったく、くだらん。事件の状況を、いくら想像ででっち上げたとしても、何の証拠もないいんだぞ」

「いいえ、証拠なら、ちゃんとありますよ」

「何だと」

「一つ目の証拠は、事件が起きた直後に、あの路地から飛び出してきたあなたの姿が、コンビニの防犯カメラの映像に残っていたという事実です」

「路地なら、反対方向へ逃げることもできるじゃないか」

「その方向には、三宅がいました。むろん、彼は逃げ出そうとした人物など目にしておりません。ちなみに、コンビニの防犯カメラは、定期的に録画した映像のデータを消去するものだそうです。立て籠《こ》もり事件が起きたコンビニの防犯カメラは、管理会社の規程によって、九月一日にデータが消去される予定になっていました。もしも、そうなっていたら、殿山の起こした一件で、あなたがあの場に居合わせたという事実が明らかになることはなかったでしょう。ところが、立て籠もり事件が発生して、警察が防犯カメラのハードディスクを押収したために、それ以前を遡《さかのぼ》る一定期間の映像が残されてしまったんです」

「駅前の路地から俺が飛び出したというだけで、どうして殺人事件の犯人にされなきゃならないんだ」

「コンビニの外側に設置されていた防犯カメラに、あなたの姿が映っていることに気が付いた私たちは、遡った時間帯からの映像をくまなく確認しました。その結果、あの路地へあなたが足を踏み入れたのは、午後六時二十五分過ぎと判明しました。そして、路地からあなたが飛び出してきたのが午後七時二十二分。この約一時間の間に、あなた以外には、コンビニ側の道からあの路地に足を踏み入れた人間や、路地から出てきた人間は、ただの一人も映っていなかったんですよ」

「それでも、俺が事件に関わっていたことの証明になんか、まったくならないぞ。またしても想像か」

「いいえ、想像なんかじゃありません。その時の状況を、私たちにはっきりと教えてくれた、第二の証拠が存在しているんです」

言うと、香山がおもむろに立ち上がった。部屋のドアを開けると、外に声を掛けた。

「すまないが、例のものを持ってきてくれ」

そして、ドアを閉めると、再びパイプ椅子に静かに腰を下ろした。

やがて、ドアにノックの音がした。

「どうぞ」

「失礼します」

声がして、三宅が入って来た。プラスチックのプレートのようなものを捧《ささ》げ持っている。その上には、直《じか》に男性物のシルクのジャケットが、背中の部分を上にして置かれていた。小田嶋の前のデスクに、三宅はそのプレートごと置いた。

立ったままの小田嶋が声もなく、そのジャケットを見下ろす。

オフホワイトのジャケットの肩と襟の部分に、血の痕跡《こんせき》が点々と残されていた。だが、小田嶋が凝視しているのは、ジャケットの背中の、ちょうど肩甲骨の下に相当するあたりが大きく青紫色に染まっている部分だった。その形は、さながら両の掌を当てたような形をしている。

すると、香山が言った。

「これは、事件が起きたとき、被害者の近藤さんが身に着けていたものです。ちなみに、近藤さんが行きつけにしていた銀座のテーラーに、うちの赤城と水沢という捜査員が赴いて、その店の支配人にじかに確認してもらったところ、事件の起きた日の午前中、事務所に届けた新調のジャケットに間違いないとのことでした。ところが、小田嶋さん、事件直後に科捜研で調べてみたところ、このジャケットの背中部分に、汗の染みがあることが判明したんです」

「汗の染み――」

思わずという感じで、小田嶋の口から言葉が漏れた。

香山がジャケットの青紫色に染まった部分を指差して、言った。

「ええ、最初、科捜研で繊維の一部を採取して《ニンヒドリン》試薬に浸した結果、汗が確認されました。そこで、このあたり全体にニンヒドリン試薬を吹きかけてみたというわけです。この試薬は、アミノ酸が持つアミノ基に反応して、青紫に呈色するという反応が出るんです。つまり、汗の付着を検出してくれるんですよ。しかも、この汗の染みは左右対称で、両手の跡にしか見えません。しかし、近藤さんは、あの雑居ビルの非常口から外へ出るまで、三階の事務所にいらしたそうです。うちの捜査員たちが聞き取りに行ったとき、事務所内は冷房が効いていて、寒いほどだったそうですし、事件の日、近藤さんは終業時刻まで、一度も外出していません。とすれば、この汗染みは、近藤さんのものではなく、事件現場にいた別の何者かが付けたものということになる。では、それは殿山のものでしょうか。いいえ、殿山は近藤さんと向き合っていた。怖気《おじけ》づいていた上に、酒に酔っていたのだから、相撲という武術に長《た》けた近藤さんの隙を突いて、背後に素早く回り込むことなど不可能だったでしょう」

目を血走らせた小田嶋が、口で呼吸している。

香山は続けた。

「しかも、三宅が現場に駆け付けたとき、殿山は尻餅《しりもち》をついた恰好《かっこう》で、呆然《ぼうぜん》となっていたんです。そして、その両手の親指と人差し指に、近藤さんの返り血が付着していた。さらに、近藤さんの喉元《のどもと》に刺さった骨スキ包丁の柄には、殿山の両手の指の指紋《しもん》が残されていた。つまり、骨スキ包丁が近藤さんの喉元を貫いたとき、殿山は包丁の柄を両手で握っていたことは疑いようもない。そんな人物が、同時に近藤さんの背中を背後から押すことは、絶対に不可能です。そこで、私たちは思いついたんです。もう一人、その場に何者かがいたのではないか、と。そう考えた途端に、これまで見えていなかった事件の様相が、はっきりと浮かび上がって来たんですよ」

香山の言葉が終わらぬうちに、小田嶋の顔に薄笑いが浮かぶのを、増岡は目にした。紳士然とした仮面がスルリと脱げ落ちて、その下から、醜くさもしい地顔が現れたという感じだった。

綺麗《きれい》に並んだ白い歯を見せて、小田嶋が言った。

「ああ、あんたの指摘したいことが、やっと読めたぞ。それに、俺を陥れようとして仕掛けた、くだらない罠《わな》もな」

「あなたを陥れる、くだらない罠？　何がおっしゃりたいんですか」

いささかも動じる様子なく、香山が言った。

「そのジャケットに残されていた汗を調べたところ、DNAが検出された。それは、俺のものと一致した。さあ、言い逃れができるものなら、してみろ。そんなふうにブラフを畳みかけ、俺を追い詰めて、ありもしない罪を白状させようっていう肚《はら》だろう。だがな、そうはいかないぞ。汗ではＤＮＡ鑑定ができないってことくらい、こっちはとうに知っているんだからな」

言うと、小田嶋は口角を持ち上げて、卑しい笑みを浮かべる。

すると、香山が言った。

「あなたのおっしゃる通り、採取された体液の中に、その人の細胞が含まれていなければ、ＤＮＡ鑑定は不可能です。そして、汗には細胞が含まれていません。しかし、私がしたいのは、証拠もなしにあなたを罠にかけて、騙《だま》して罪を認めさせることなんかじゃありませんよ」

「何だと」

小田嶋の表情が固まる。

「近藤さんが建物の非常口から出たとき、殿山は用意していた包丁で斬りかかりました。だが、酔っていて手元が狂い、切っ先が近藤さんの左頰を掠《かす》めただけだった。次の瞬間、近藤さんは反撃に移り、《何しやがるんだ、この野郎》と怒鳴った。迫力満点の威嚇に怖気づいた殿山は腰砕けとなり、思わず後ずさった。そして、相手の逆襲を懸命に押し留《とど》めようと、両手で握りしめた包丁を近藤さんの顔に向けて突き出して固まったんだ。

まさにその瞬間、二人のそばで身を隠していた第三の人物は進退窮まってしまった。それは小田嶋さん、あなただ。殿山がこのまま躊躇《ためら》っていれば、近藤さんを討ち漏らしてしまう。そうなれば、自分は絶体絶命だ、と。だが、咄嗟《とっさ》にあなたは、別のことにも気が付く。近藤さんの大きな背中が目の前にある。しかも、殿山の包丁の切っ先が、近藤さんの顔面に差し向けられている。その刹那《せつな》、まさに乾坤一擲《けんこんいってき》の判断で、あなたは近藤さんの背中を両手で突き飛ばしたんだ。相撲部で格闘の修羅場を嫌というほど経験してきた近藤さんでしたが、完全に不意を突かれてバランスを崩し、たたらを踏んで前のめりになってしまった。その弾みで喉元が殿山の握った包丁にぶつかり、近藤さん自身の体重が作用して脊髄《せきずい》まで貫通し、同時に、近藤さんの血を流した左頬と、殿山の左頬も、鉢合わせしてしまったんですよ。そして、喉元に包丁が刺さった激痛に、近藤さんは反射的に身を引き、背後に倒れ込んだというわけです」

小田嶋が口を半開きにして、何か言おうとしたものの、言葉が出てこない。

香山は、さらに言葉を続ける。

「近藤さんを待ち伏せするために、一時間近くも戸外に立っていて、あなたは汗をかいていた。うちの署の者が、後輩の吉村さんからお聞きしましたよ、緊張すると、あなたはひどく手汗をかくそうですね。で、その汗で濡《ぬ》れた両手の跡が、近藤さんのジャケットの背中に残ったというわけです。ジャケットに残された汗の手形に、あなたの両の掌を重ねてみれば、ピタリと一致するでしょう。この筋道以外に、小柄な殿山が両手で握っていた包丁が、長身の近藤さんの喉元という極めて不自然な部位に突き刺さり、食道や脊髄まで貫通するに至るという事態は、絶対に起こり得ないし、被害者と加害者の双方の頬が、近藤さんの血で汚れるという奇妙な状況も発生し得ないんだ。

現行犯逮捕された殿山が、逮捕した警察官に自分が刺したと自供したのは、愛する娘の仇《かたき》を奇跡的に討ち果たした、と信じ込んだからでしょう。あなたに騙されたとは、少しも疑わずに。しかも、近藤さんの大きな体が盾になり、路地の先に潜んでいたあなたの存在も、被害者が背後から突き飛ばされたことも、見えなかった可能性もある。現場で同じくらいの体格の人を立たせて詳細に検証してみれば、この点もはっきりと裏付けられるでしょう。つまり、八月二十八日に西船橋駅近くの路地で本当に殺人を犯したのは、殿山ではなかったんだ——小田嶋英司、これでもまだ、近藤清太郎さんの殺害を、否定するつもりか」

その厳しい言葉を耳にして、小田嶋が血走った目を、これ以上もなく大きく見開いた。

体を硬直させたまま、言葉を失ったように黙り込む。

喘《あえ》ぐようにして、開いた口を蠢《うごめ》かす。

だが、一言も、言葉が出てこない。

顔面が耳まで真っ赤に染まり、汗が噴き出している。

ふいに虚《うつ》ろになった視線を泳がせたまま、右手首につけている水晶の数珠《じゅず》を、しきりと触りながら、口の中で呟《つぶや》き始めた。

「――大丈夫だ、俺は、絶対に捕まらない、誰も、俺に手を出せないんだ。そうだ、俺は守られているんだ――」

譫言《うわごと》のように喋《しゃべ》るうちに、いきなり顔面の筋肉がこれ以上もなく強張《こわば》り、吊り上がった両の目から涙が零《こぼ》れ落ちた。

次の瞬間、歯を食い縛ると、全身をブルブルと痙攣《けいれん》させ、崩れるようにしてパイプ椅子に座り込んだ。

突然、その口から、絞り出すような絶叫が漏れた。

「畜生っ――」

そのまま目を固く閉じ、眉間《みけん》に深々とした皺《しわ》を寄せたまま、がっくりと項垂《うなだ》れてしまった。

エピローグ

「お母さん、元気にしている？」
　増岡は、携帯電話に向かって言った。
《ええ、元気よ。あなたは、どうなの。ちゃんとご飯を食べているの》
　澄子の鼻に掛かったような声が響いた。
「食べているわよ。子供じゃないんだから、そんなこと、いちいち心配しないで。——お父さんは、どう」
《相変わらずよ。昨日と今日は、お仕事で岡山に出張しているけど。それより、今日は何なの？》
　つかの間、増岡は自分の六畳の部屋を見回した。八千代《やちよ》市にあるマンションの三階である。目の前のデスクの上には、警察官の昇任試験のための教材が開かれている。法学、交通、警備、生活安全、地域、警務、刑事。覚えることは、限りなく多い。

だが、所轄署の中でも、刑事課の多忙ぶりは断トツだから、勉強をしている暇はほとんどない。それを体のいい言い訳にしていたことに思い当たり、今日から勉強を再開したのだった。

携帯電話を握り締めて、増岡は思い切って言った。

「この前のお見合いの話だけど、あれ、やっぱり正式に断ってくれない？」

つかの間、携帯電話が沈黙した。だが、すぐに声が響いた。

《どうしてなの。とってもいいお話じゃない。そっちに送った写真と自己紹介書を見たでしょう》

澄子の声に、信じられないという響きが籠《こも》っていた。

「ええ、もちろん見たわ――」

言いながら、昇任試験の参考書の横に置かれている写真と自己紹介書に目を向ける。スタンドの白い照明に照らされた便箋には、書道のお手本のような端正な文字が並んでいた。学歴も申し分ない。そのうえ、大学生時代に、アメフト部だったというから、かなりのスポーツマンなのだろう。アメフトのジャージ姿の写真で、白い歯を見せて笑っている日焼けした顔は、そこらのアイドルなんかより、ずっと好ましい。

「――でも、私には、まだまだしなければならないことがあるの」

《しなければならないことって、警察官の仕事のことなの？》

「ええ、その通りよ」

増岡は勢い込んで言う。

そして、亡くなった殿山のことを、脳裏に思い浮かべていた。

最愛の娘を失った上に、この上もない邪悪な計略に巻き込まれて罪に落とされ、あっけなく他界してしまった小心な中年男性。

連行するためにパトカーで駆けつけたとき、放心したような彼の顔を、彼女は目にしたのである。

まったくの無抵抗の様子で、三宅に促されて、手錠を掛けられたまま、おどおどと背を丸めるようにして、パトカーに乗り込んでいく後ろ姿も思い出される。

しかし、連行中のパトカーの中で、あの人が一瞬だけ歯を見せたのは、娘の仇を討ちとったという、激烈な復讐《ふくしゅう》心から生じた快哉《かいさい》の思いゆえではなかったのではないか。

そう思うようになった増岡の耳に、亀山ダムの水難現場で、徳橋が沈鬱《ちんうつ》な口調で語った言葉が甦《よみがえ》って来る。

《その父親は、水に飛び込んでずぶ濡れの姿のまま、ぐったりとなった娘さんの小さな体を、声を上げて泣きながらずっと抱きしめていましたよ。そうしていれば、いつかは息を吹き返して、肌にぬくもりが戻ってくると信じているみたいにね――》

あのとき、殿山は、一年前に湖から引き上げて抱きしめた冷たくなった娘の知佳が、ふいに息を吹き返して、瞼《まぶた》をうっすらと開くのを、心の目ではっきりと見たに違いない。

だからこそ、本当によかった、と胸を撫《な》で下ろして、心の底から喜びの笑みを浮かべたのだ。

その目には、知佳の満面の笑みがはっきりと映っていただろうし、耳元には、可愛らしい笑い声が響いていたのだろう。

そのすぐ後で、あの人が逝《い》ったことも、もしかしたら、天上で最愛の娘の魂と再会して、もう一度抱きしめたかったからかもしれない。

しかし、香山主任の倦《う》むことを知らない捜査にかける情熱と、あれほどの鋭い推理がなかったら、あの人の魂は、娘の魂と再会することができなかったのではないだろうか。

自分もいつか、主任のような警察官になりたい。

いいや、絶対になるのだ――

携帯電話を握る手にさらに力を込めて、増岡は心の中で固く誓っていた。

本書は書き下ろしです。

知能犯《ちのうはん》

翔田《しょうだ》 寛《かん》

令和5年10月25日　初版発行

発行者●山下直久

発行●株式会社KADOKAWA
〒102-8177　東京都千代田区富士見2-13-3
電話　0570-002-301（ナビダイヤル）

角川文庫 23854

印刷所●株式会社暁印刷
製本所●本間製本株式会社

表紙画●和田三造

ISBN 978-4-04-113881-6　C0193

◇◇◇

角川文庫発刊に際して

角川源義

第二次世界大戦の敗北は、軍事力の敗北であった以上に、私たちの若い文化力の敗退であった。私たちの文化が戦争に対して如何に無力であり、単なるあだ花に過ぎなかったかを、私たちは身を以て体験し痛感した。西洋近代文化の摂取にとって、明治以後八十年の歳月は決して短かすぎたとは言えない。にもかかわらず、近代文化の伝統を確立し、自由な批判と柔軟な良識に富む文化層として自らを形成することに私たちは失敗して来た。そしてこれは、各層への文化の普及滲透を任務とする出版人の責任でもあった。

一九四五年以来、私たちは再び振出しに戻り、第一歩から踏み出すことを余儀なくされた。これは大きな不幸ではあるが、反面、これまでの混沌・未熟・歪曲の中にあった我が国の文化に秩序と確たる基礎を齎らすためには絶好の機会でもある。角川書店は、このような祖国の文化的危機にあたり、微力をも顧みず再建の礎石たるべき抱負と決意とをもって出発したが、ここに創立以来の念願を果すべく角川文庫を発刊する。これまで刊行されたあらゆる全集叢書文庫類の長所と短所とを検討し、古今東西の不朽の典籍を、良心的編集のもとに、廉価に、そして書架にふさわしい美本として、多くのひとびとに提供しようとする。しかし私たちは徒らに百科全書的な知識のジレッタントを作ることを目的とせず、あくまで祖国の文化に秩序と再建への道を示し、この文庫を角川書店の栄ある事業として、今後永久に継続発展せしめ、学芸と教養との殿堂として大成せんことを期したい。多くの読書子の愛情ある忠言と支持とによって、この希望と抱負とを完遂せしめられんことを願う。

一九四九年五月三日